s Seehorn

blue notes
26

Als Luftkurort für Lungenkranke war Davos schon seit Mitte des 19. Jahrhunderts en vogue. Die Patienten – vom hüstelnden Hypochonder bis zum tatsächlich Todkranken – kamen aus aller Herren Länder angereist. Nicht nur Thomas Mann ließ sich von der elegant-morbiden Atmosphäre in den Lungensanatorien für seinen Roman ›Der Zauberberg‹ inspirieren. Der tuberkulosekranke Dichter Klabund schrieb in Davos Gedichte über skurrile Schwindsüchtige und seine atemlose Erzählung ›Die Krankheit‹. Der Pariser Surrealist Paul Éluard wurde hier zum Dichter: In der Schweiz begegnete er der Liebe seines Lebens, der Russin Gala, die seine Muse auch dann noch bleiben wird, als sie längst Dalís Gala geworden ist. Éluards ebenfalls an Tb leidender französischer Surrealistenkollege René Crevel legte in Briefen an seine Freundin Mopsa Sternheim Zeugnis von seiner Kur ab und publizierte 1929 den Davos-Roman ›Seid ihr verrückt?‹. Hier schließt sich der Kreis: Klaus Mann besucht den ›Zauberberg‹ seines Vaters, um den geliebten René zu besuchen.

Unda Hörner

Hoch oben in der guten Luft

Die Bohème in Davos

edition ebersbach

Inhalt

PROLOG
Literatur und Leben

> »... gewöhnte sich Julika unversehens an diesen anderen Alltag, ja, sie genoß es sogar, einmal nichts mehr zu müssen, überhaupt nichts. Ruhe war das einzige, was von ihr verlangt wurde ... Es war gar nicht so fürchterlich, dieses Davos, es war ein Tal, wie Täler halt sind, grün, friedlich, etwas langweilig vielleicht, ein Tal mit steilen Wäldern und flachen Matten, da und dort mit einer steinigen Runse, eine Landschaft, nichts weiter. Der Tod ging nicht als knöcherner Sensenmann umher, nein, da wurde nur Gras gemäht, Heu duftete herauf, Harz herüber vom nahen Wald, irgendwo verzettelten sie Mist, und in den Lärchen vor ihrer Veranda turnte ein neckisches Eichhörnchen.«[1]

Die Schweizer Alpen, der Kanton Graubünden zu Beginn des 20. Jahrhunderts: Die Luftkurorte mit ihren Lungensanatorien werden bereist wie säkulare Wallfahrtsorte. Nicht der religiös fundierte Glaube an die

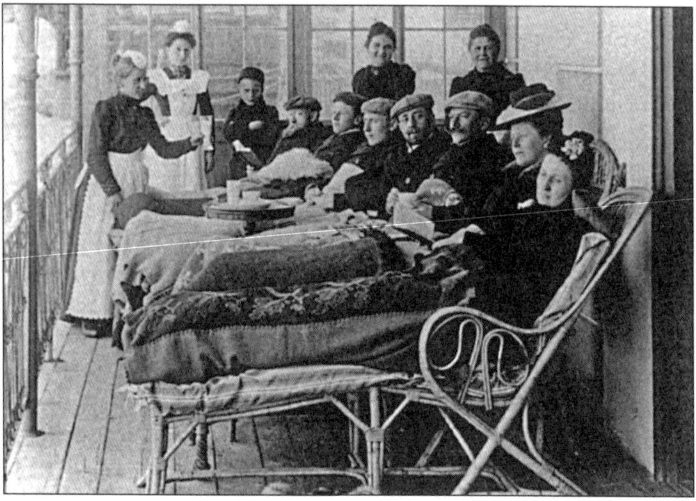

Liegekur in einem Davoser Sanatorium.

Wunderwirkung einer Quelle oder die Berührung einer Marienstatue setzt die Kranken und Erholungsbedürftigen in Bewegung, sondern das Vertrauen in die Heilkräfte der Natur. Das Reizklima in bergiger Höhe, in dem Spaziergänge und Liegekuren verordnet werden, soll die Abwehrkräfte stärken. Allerorten trommeln die Reformbewegten des beginnenden 20. Jahrhunderts zum Streben in die Sonne und zum Licht. Der Aufenthalt in der freien Natur gilt als Voraussetzung für einen gesunden Geist in einem gesunden Körper. Da liegen die Kranken in Jugendstil-Veranden splendider Bäderarchitektur und inhalieren die saubere Bergluft, eingemummelt in Decken aus Wolle und Lamahaar, die Füße in schweren Pelzsäcken, auf ihren langen Chaisen.

Vom Schwerkranken, ja Todgeweihten, bis hin zum leicht hüstelnden und hypochondrischen Patienten war tatsächlich alles in den Kurorten vertreten. Manch einer blieb sein Leben lang Patient, auch wenn der Zustand niemals kritisch war – man muß es sich leisten können im Sanatorium heile Welt zu spielen, während sich in Europa ein Krieg mit all seinen entsetzlichen Folgen anbahnt.

> »Es handelt oder handelte sich bei diesen Instituten um eine typische Erscheinung der Vorkriegszeit, nur denkbar bei einer noch intakten kapitalistischen Wirtschaftsform. Nur unter jenen Verhältnissen war es möglich, dass die Patienten auf Kosten ihrer Familien Jahre lang oder auch ad infinitum dies Leben führen konnten.«[2]

Die Lungensanatorien hoch in den Bergen waren mithin Hort eines bürgerlichen Eskapismus. Zuweilen war Tuberkulose vielleicht doch nur ein anderer Name für den labilen Zustand vor allem von Frauen, dessen tiefere Ursache das Leiden an trostlosen Verhältnissen war. So war auch eine weite Reise mitunter eine annehmbare Strapaze, da der Weg ins Abenteuerliche, ins Freie führte, ins unbekannte Ausland – vielleicht auf der Flucht vor einem anstrengenden, einengenden Ehemann – für Gala, Dalís Managerin und Muse, wurde Davos zum Sprungbrett in die große Welt.

»Es wurde getanzt, gelacht, gesungen, gehustet und auf den Korridoren geküßt«[3], so beschreibt der selber lungenkranke Dichter Klabund die Stimmung in den Sanatorien. Das klingt wenig nach ernstem Fall. Doch: »Am allerhöchsten liegt das Sanatorium Schatzalp«, schreibt Thomas Mann, und daran ist nichts erfunden, »die müssen im Winter ihre Leichen per Bobschlitten herunterbefördern, weil dann die Wege nicht fahrbar sind.«[4] In seinem Roman *Der Zauberberg* kann man nachlesen, dass die frei gewordenen Betten mit Formalin desinfiziert und die Leichname im Winter per Schlitten zum Bahnhof gebracht wurden.

Das viele Nichtstun des Sanatoriumsalltags führte zuweilen jedoch in eine Depression: So ist übrigens in medizinischen Fachbüchern aus den Fünfzigerjahren der Zusammenhang von Tuberkulose und Depressionen durchaus ein ernst verhandeltes Thema. Fachleute erwägen die ›seelenärztliche Behandlung‹ jener Patienten, die unter dem Brachliegen ihrer Lebenskräfte während eines Kuraufenthalts leiden. Und Max Frisch beschreibt die Sanatoriumsgäste denn auch, als lebten sie bereits in einem Zwischenstadium auf dem Weg vom Irdischen hin zum Tod. Seine Protagonistin

> »lag eingemummelter als je, sogar die Arme unter der Kamelhaardecke, einer Mumie sehr ähnlich. Sie konnte gerade den Kopf noch bewegen, um in den grauen Nebel hinaus zu schauen, nichts zu sehen als das schemenhafte Gerippe

der nächsten Lärchen, das sie an ihr Röntgenbild erinnerte, auch so ein kahles Gerippe in Schwaden von grauem Nebel. Und das war nun ihre einzige Aussicht.«[5]

Der Arzt Alexander Spengler hatte herausgefunden, dass der auf dem flachen Land so gefährliche Tuberkelbazillus in den Höhenlagen der Schweizer Gebirgsorte überhaupt nicht nachzuweisen war. Luftveränderung, Trink- und Liegekuren, im Sommer ebenso wie im Winter, konnten niemandem schaden, so dass die Krankheit und ihre Bekämpfung in einem nicht restlos definierten Raum bleiben konnten, der für den Patienten jedenfalls einen Ortswechsel im positiven Sinne bewirkte. Das im schweizerischen Kanton Graubünden gelegene Davos, dieser von dem ortsansässigen Maler Ernst Ludwig Kirchner vielfach porträtierte Ort, gilt spätestens seit Erscheinen von Thomas Manns Opus Magnum *Der Zauberberg* als Inbegriff für einen Luftkurort. ›Davos, das neue Mekka der Schwindsüchtigen‹, hatte bereits 1874 der Slogan gelautet, der die Tuberkulosekranken nach Graubünden locken sollte. ›Der Weg zu Kraft und Gesundheit führt über Davos‹, hieß es auf einem Plakat des örtlichen Verkehrsvereins aus dem Jahr 1929. Die ›Sonnenstadt im Hochgebirge‹ wollte sich seinerzeit ein explizit modernes Image geben. Der Ansturm der Kurgäste bereits im 19. Jahrhundert führte dazu, dass das eben noch so verschlafe-

Davos-Plakat.

ne Bergdorf binnen kurzem mit den neuesten Errungenschaften des Fortschritts ausgestattet wurde: 1870 wird die erste Dampfzentralheizung installiert, mehrere große Kaufläden eröffnen, die Straßen werden befestigt und mit Beleuchtung versehen, eine Kanalisation angelegt. Rasch entstehen Villen rund um das neu errichtete Kurhaus, es gibt ein Theater, Restaurants und sogar ein ›Konversationshaus‹. Um die Jahrhundertwende registrierte man rund 600.000 Übernachtungen pro Jahr; Davos war rasch zu einem Kurort von internationalem Rang avanciert.

Die Tuberkulose, auch als Schwindsucht oder Phthisis bekannt, galt bis in die Fünfzigerjahre hinein als ein Todesurteil: die weiße Pest. Die Ursachen waren lange nicht bekannt, entsprechend ungenau wurden die ärztlichen Diagnosen gestellt. Spenglers frühe Versuche – etwa Mitte des 19. Jahrhunderts, als der Kurtourismus seine Anfänge nahm – die Lungenkranken mit der Verabreichung von rotem Veltliner oder mit Liegekuren in der ammoniakgeschwängerten Luft eines Kuhstalls zu heilen, schadeten zwar denen nicht, die nicht ernsthaft krank waren, sie halfen jedoch auch nicht viel, befand sich der Patient in einem wirklich kritischen Zustand. Später setzten Ärzte auf die ›Pneumothorax‹-Methode, ein so drastischer wie zweifelhafter operativer Eingriff, bei dem der betroffene Teil der Lunge zur Schonung stillgelegt wurde. Erst 1882 war Robert Koch dem Tuberkelbazillus auf die Spur gekommen, um die Jahrhundertwende hatte man schließlich auch die Möglichkeit, durch Röntgenbilder die Krankheit besser lokalisieren und somit präziser diagnostizieren zu können, worunter der Patient eigentlich litt.

Doch erst in den Fünfzigerjahren des 20. Jahrhunderts konnte der Geißel TBC der Garaus gemacht werden und für die florierenden Kurorte wendete sich das Blatt jäh: Mit der Entdeckung von Antibiotika und der Entwicklung von speziellen Medikamenten gegen Tuberkulosekrankheiten, etwa das Streptomycin, wurden die herkömmlichen Therapien überflüssig. Damit hatte auch für die Sanatorien – 1950 gab es in Davos noch rund zwei Dutzend – das letzte Stündlein geschlagen. Die Tuberkulosetouristen blieben fast schlagartig aus. Nun galt es, das Image des Ortes schleunigst zu verändern, wollte man sich nicht wieder zum verschlafenen Dorf im stillen Bergwinkel zurückentwickeln. Aus den Sanatorien mussten so schnell wie möglich moderne Wintersporthotels werden. War man in den Fünfzigerjahren ohnehin nicht zimperlich, was den Einsatz der Abrissbirne anging, so machte man sich nun daran, die ehemaligen Lungensanatorien gründlich zu schleifen. Nicht mehr wiederzuerkennen sind heute jene Jugendstil-Paläste, die als inspirierende Kulisse für Thomas Manns Roman gedient haben, das Valbella oder das ehemalige Waldsanatorium Dr. Jessen. Aller Zierrat, Stuck und Schmuck der Belle Époque wurde rigoros von den Fassaden abgeschlagen, die prächtigen Bauten erhielten

Das Valbella in Davos diente Thomas Mann als Vorbild für den *Zauberberg.*

Das Valbella nach dem Umbau.

nüchterne, ausdruckslose Gesichter und erinnerten bald viel mehr an Verwaltungsbauten als an Gästehäuser – sie wurden Opfer des Zeitgeschmacks, der gerade regierte. Auch dem Interieur der alten Sanatorien wurde der Garaus gemacht, denn alles, was jetzt noch an Morgue und Thanatos erinnerte, musste restlos verschwinden. Mobiliar, das an Krankenhausatmosphäre gemahnte, wurde herausgerissen, wie etwa Waschbecken auf den Gängen oder die großen Uhren, die dort hingen und die Patienten auf ihren Wegen durch das Haus jederzeit an das pünktliche Erscheinen zu einem Arzttermin erinnern sollten. Der Modernisierungsplan ging auf: Davos verwandelte sich im Laufe weniger Jahre in einen eleganten Wintersportort mit ausgewiesenen Skigebieten. Allein das von Thomas Mann namentlich genannte Hotel Schatzalp ist vom raschen Wandel weitgehend verschont geblieben – und das auch nur, weil in der Zeit des großen Renovierens und Reinemachens offenbar kein Geld vorhanden war, um Tabula rasa zu machen und Altes durch Neues zu ersetzen. Glück im Unglück: So kann das Hotel heute mit seinem Zauberberg-Image werben, ist es doch jenes Haus am Ort, das immer noch weitgehend originale Einrichtungsgegenstände aufweist, das mit Führungen für seine Gäste auf die Vergangenheit hinweisen kann, die es einmal hatte. Freilich, mit der Umnutzung des Hauses wurde der einstige Operationssaal zum Hotelschwimmbad, der frühere Röntgenraum zum Rauchersalon. 1900 von den Zürcher Architekten Pfleghardt und Häfeli errichtet, gehört das Gebäude zu den ersten modernen Eisenbetonbauten. Das Wissen um die Infektionswege bedingte die Absonderung der Kranken in geschlossenen Häusern, die mit windgeschützten, der Sonne zugewandten Balkons optimale Voraussetzungen für Freiluft-Liegekur und Heliotherapie boten. Hoch über Davos gelegen, wurde das Sanatorium Schatzalp zum Prototyp der neuen Heilstättenarchitektur. Wegweisend war nicht nur das Flachdach, das den Schneerutsch verhinderte, sondern auch der Verzicht auf historisierende Dekorelemente im Inneren, mit dem Ziel, das Gebäude möglichst staubfrei zu halten. Heute kann das Traditionshaus nicht nur auf die baugeschichtliche Historie, sondern auch auf fortschrittliche, hochfliegende Anbaupläne setzen: Das Schweizer Architekturbüro Herzog & de Meuron plant einen Turm auf dem Hotelgelände, der zum neuen Wahrzeichen von Davos avancieren könnte.

Würde man sich überhaupt noch an ein düsteres Kapitel Krankheitsgeschichte erinnern wollen, läse es sich nicht zuweilen als Liebesgeschichte? Das Sanatorium bietet eine Kulisse, in der die Pose das Verhalten bestimmt: Tägliches Sehen und Gesehenwerden verlangen nach Selbstdarstellung, Selbstinszenierung. Die regelmäßigen gemeinsam eingenommenen Mahlzeiten im Speisesaal, die vielen Stunden scheinbaren Nichtstuns im Liegestuhl zwischen den Anwendungen galten wohl nicht selten der Beobachtung der Leidensgenossen. Die Sanatoriumspatienten erinnern an Passagiere auf einem Ozeanriesen, wo sie sich auf den Gängen und Stegen immer wieder unweigerlich begegnen – und wie leicht kommt man dort miteinander ins Gespräch! Die Krankheit ist natürlich Thema Nummer eins, deswegen ist man ja hier, da werden die Blätter mit den aktuellen Befunden aus den Jackentaschen gezogen und abgeglichen wie Lottoscheine. Ein Pandämonium – hier läßt sich lästern, lachen, man kann sich verlieben – und manchmal tritt der Tod herein.

> »Das Leben der Kranken ist ein Balkonleben, und von ihren Balkons aus erlebten sie die Langsamkeit der Zeit, das langsame Sterben der Mitpatienten und die Unveränderlichkeit der Landschaft.«[6]

In der abgeschlossenen Welt des Sanatoriums herrschen, wie Thomas Mann es beschreibt, Grundbegriffe: leben und sterben, Liebe und Tod. Was unten im Tal geschieht, muss nicht interessieren, es geht um Höheres, um geradezu ontologische Kategorien. Es geht um die Vergänglichkeit des Seins.

Nicht allein Thomas Mann, nein, auch andere Schriftsteller des 20. Jahrhunderts haben sich deshalb immer wieder vom genius loci des Luftkurortes inspirieren lassen. Wie ein roter Faden zieht sich Davos durch das Werk des Dichters Klabund. Der französische Surrealist René Crevel vertieft in zwei autobiographisch inspirierten Romanen das Verhältnis seines tuberkulösen Körpers zur Welt und insbesondere zu den Schweizer Alpen. Der Dichter Paul Éluard lernt hier Gala kennen, die er später an Salvador Dalí verliert, und er verlängert sein Lungenleiden in seine ewig-sehnende Liebeslyrik hinein – ein Dichterleben lang.

Die Literatur und auch die Musik haben zahlreiche Tuberkulosekranke hervorgebracht, allen voran aber schwindsüchtige Frauen. Vornehmlich in Opern hauchen sie ihr letztes Restchen Leben singend aus: Mimi in Puccinis *La Bohème,* Marguerite Gautier in der *Kameliendame* oder in Verdis *La Traviata.* Die Lungensanatorien in den Schweizer Bergen boten Gelegenheit, ein illustres Publikum zu gestalten. Jene Tuberkulosekranken aber, die etwa in feuchten und dunklen Berliner Hinterhauswohnungen litten, in denen die Krankheit blühte, spielten dabei freilich keine Rolle; sie blieben ausgespart in diesem Gesellschaftspanorama. Diese Kranken nämlich konnten sich den kostspieligen Aufenthalt in den teuren Heilanstalten mitnichten leisten. Nur die – von der Literatur vielseitig gestärkte – Verklärung einer letztlich todbringenden Krankheit zum überhöhten Ausdruck einer schönen aber ätherischen Seele konnte dazu führen, dass ein so morbides Thema lange Zeit eine gewisse Anziehungskraft besaß – und noch immer besitzt.

Studiert man die langen Gästelisten der Sanatorien und Pensionen von Davos und den umliegenden Ortschaften, so glaubt man sich in einer Hochburg der internationalen Avantgarde wiederzufinden. Die Städter aus den kulturellen Zentren der wechselhaften und nicht nur goldenen Zwanzigerjahre – allem voran Berlin und Paris – pilgerten aufs Land, mehr oder weniger krank, im Bewusstsein der Heilkraft der Natur, die sie dem Moloch Großstadt entgegensetzten, dem Sodom Berlin, dem Babylon Paris. Wenn sich auch nicht alle Protagonisten der Künstlerszene hier persönlich begegneten, sie wussten doch gegenseitig von ihren Werken und gaben sich oftmals die Klinke in die Hand. In Form eines Reigens begegnen sich in Davos Klabund und Hermann Hesse, Hermann Hesse und Thomas Mann, dessen Sohn Klaus mit René Crevel befreundet ist, der, ebenso wie ein anderer Surrealist aus Frankreich, Paul Éluard, seine Lungen in Davos behandeln lässt. Von ihnen, denen Sanatoriumsaufenthalte in Davos zur biographischen Weichenstellung und schicksalsbestimmend wurden, soll hier die Rede sein. Davos war ein Knotenpunkt im Netz der Orte und Begegnungen namhafter Literaten des 20. Jahrhunderts.

Thomas und Katia Manns Zauberberg
Sich die Wirklichkeit zurechtmachen

> »Hier ist ›Einfried‹, das Sanatorium! Weiß und geradlinig liegt es mit seinem langgestreckten Hauptgebäude und seinem Seitenflügel inmitten des weiten Gartens, der mit Grotten, Laubengängen und kleinen Pavillons aus Baumrinde ergötzlich ausgestattet ist, und hinter seinen Schieferdächern ragen tannengrün, massig und weich zerklüftet die Berge himmelan.«[7]

Halt! Dies ist nicht der Zauberberg aus dem berühmten Roman von Thomas Mann. Dem Sanatorium Einfried des Doktor Leander galt nur mehr eine literarische Stippvisite des Schriftstellers, in der Erzählung *Tristan.* Die Erzählung bietet einen Vorgeschmack auf das, was sich mit dem Zauberberg-Roman zum Opus magnum der Literaturgeschichte ausweiten sollte.

Katia Mann: »1912 bekam ich eine kleine Lungenaffektion. Es war ein Lungenspitzenkatarrh, eine verschleppte, geschlossene Tuberkulose, aber ich musste verschiedene Male zum Kuraufenthalt ins Hochgebirge.

Hans Castorps Davoser Unterkunft, das Waldsanatorium von Professor Jessen.

Man schickte mich zuerst auf ein halbes Jahr, von März bis September 1912, ins Waldsanatorium nach Davos, im nächsten Jahr auf eine Reihe von Monaten nach Meran und Arosa, und zuletzt, das war aber nach dem Krieg, nochmals sechs Wochen nach Clavadel bei Davos.«[8] Katia Mann gehörte also mitnichten zu den schweren Fällen. Sie bekennt in ihren Erinnerungen, in *Meine ungeschriebenen Memoiren:*

> »Es bestand keine Lebensgefahr, und möglicherweise wäre die Geschichte, wären wir nicht zu Sanatoriumsaufenthalten in der Lage gewesen, von selbst wieder gutgeworden, was weiß man. Es war Sitte, wenn man die Mittel dazu hatte, wurde man nach Davos oder Arosa geschickt.«[9]

Tatsächlich versuchte man auch den solventen Thomas Mann als Patienten zum Bleiben in Davos zu bewegen, er hatte sich leicht infiziert, er hüstelte solidarisch mit den Zeitgenossen vor Ort, und der leitende Arzt diagnostizierte bei einer Art Vorsorgeuntersuchung einen Schatten auf seiner Lunge. Thomas Mann, der seinen Münchner Hausarzt davon in Kenntnis setzte und ihn um Rat bat, bekam von diesem denn auch zur Antwort:

> »Ich kenne Sie doch ganz genau, Sie wären der erste, der bei einer Untersuchung in Davos nicht irgendeine Stelle gehabt hätte. Kommen Sie nur gleich zurück. Sie haben in Davos gar nichts zu suchen.«[10]

Thomas Mann reiste nach drei Wochen also wieder ab, aber nicht, ohne sich gedanklich im Gebirge einzurichten: Es war schließlich sein Protagonist, den er in Davos bleiben ließ, aus den geplanten drei Wochen Hans Castorps wurden sieben Jahre.

Thomas Mann stattete seiner Frau im Frühsommer 1912 in Davos also einen Besuch ab. Am 15. Mai, Katia weilte bereits seit rund zwei Monaten im Hochgebirge, reiste er dort per Bahn an, über Landquart und dann mit einer Schmalspurbahn, der Rätischen Bahn, sehr steil immer hinauf in den hoch gelegenen Kurort. Während seines Aufenthaltes in Davos logierte der Schriftsteller im Haus am Stein, ganz in der Nähe des Waldsanatoriums von Dr. Jessen gelegen, wo Katia ein Zimmer bewohnte, zu dessen Balkon er von seinem Fenster aus sogar hinübersehen konnte. Thomas Mann war aber keineswegs der erste Schriftsteller von Weltruhm, der in diesem Gästehaus unterkam. Schon Ende des 19. Jahrhunderts hatten hier sowohl Robert Louis Stevenson als auch Sir Arthur Conan Doyle gewohnt. Stevenson schrieb hier im Winter 1881 *Die Schatzinsel,* Doyle galt als enthusiastischer Skiläufer – was man von Thomas Mann nicht gerade behaupten kann. Auf einem bekannten Foto aus späteren Jahren und Schweiz-Aufenthalten sieht man ihn zusammen mit Hermann Hesse im Schnee. Während dieser auf Skiern und mit einer beschlagenen Brille auf der Nase ein wenig an den Polarforscher Frithjof Nansen erinnert, steht Thomas

Thomas Mann und
Hermann Hesse, 1929.

Mann stocksteif in modischen Schnürstiefeln, weißen Strickstrümpfen und schicken Knickerbockern daneben – ein Städter. Hesse fand indessen eine geeignete Sportsfreundin in der jüngsten Mann-Tochter Elisabeth, dem ›Kindchen‹, »Anfängerin im Skilaufen, aber dazu höchst begabt, eifrige Leserin von Karl May, ein reizender, knabenhafter, sehr großgewachsener Kerl, ich gehe je und je mit ihr Skilaufen.«[11]

Die Aussicht auf Katias Balkon mag Thomas Mann beruhigt haben, denn über die zuweilen etwas lässigen Umgangsweisen zwischen den Geschlechtern kursierten wilde Gerüchte. Katia Mann erinnert sich:

> »Der Hofrat spricht vom Sanatorium doch manchmal wie von einem Lustschlößchen. Die ungeheure Laxheit, die bestand, daß man über die Balkone von einem Zimmer ins andere kommt – es war schon in sittlicher Hinsicht nicht ganz einwandfrei.«[12]

In der Tat ließen die Trennwände aus Milchglas einen Durchschlupf von Balkon zu Balkon frei, was den Strohwitwer daheim in München beunruhigt haben mag. Im Zauberberg beschreibt Thomas Mann das Haus auch als extrem hellhörig. Wie entsetzt ist Hans Castorp, als er bald nach seiner Ankunft im Sanatorium ein »Klatschen und Küssen« hinter der Zimmerwand vernehmen muss:

> »Hans Castorp stand, das Handtuch in Händen, und horchte wider besseren Willen. Und plötzlich errötete er unter seinem Puder, denn was er deutlich hatte kommen sehen, war gekommen und das Spiel nun ohne allen Zweifel ins Tierische übergegangen.«[13]

Katias Lungenkrankheit wäre sicherlich auch daheim in München zu behandeln gewesen. Aber sie suchte wohl auch Abstand von ihrem Mann. »Das sensible Gemüt des hypochondrischen Schriftstellers war strapaziert durch die Unruhe der vier Kinder: Monika war noch keine zwei Jahre alt, Golo gerade drei geworden, und die beiden ältesten Klaus und Erika fünf und sechs. Anderthalb Jahre zuvor waren die Manns mit der Unterstützung der Schwiegereltern Pringsheim aus der engen Wohnung im dritten Stock der Franz-Josef-Straße 2 in die geräumige Mauerkircher Straße 13 am Herzogpark umgezogen.«[14]

Die Balkons erlaubten es den Kurgästen, sich einander recht unkompliziert zu nähern.

Geräumig oder nicht – der sensible Schriftsteller, der an einen rigide reglementierten Tagesablauf gewöhnt war und dessen Bedürfnis nach Ruhe bei der Arbeit sich alle Familienmitglieder bedingungslos unterzuordnen hatten, geriet ohne Katias ordnende Hand ein wenig aus der Fassung. Zwar kümmerte sich das Kindermädchen Affa um die lieben Kleinen, doch beklagt sich Thomas in einem Brief an seinen Bruder Heinrich:

> »Mein Leben ist jetzt etwas hart. … Sie [Katia] schreibt muntere Briefe und fühlt sich schon besser. Die Ärzte droben erklären den Fall für unbedenklich, aber langwierig. Sechs Monate wird sie oben bleiben müssen.«[15]

Thomas Mann nimmt geistig teil. Er liest Katias Briefe und findet immer mehr Gefallen an der Idee, sie zur literarischen Wirklichkeit zu verdichten. Die Welt der Lungenkranken erscheint auch als ein kurioses Raritätenkabinett, angefüllt mit allerlei Utensilien, auf deren Gebrauch sich nur die Kranken verstehen – eine Geheimgesellschaft. Da ist das Thermometer, das Blatt mit der Fieberkurve, das sie in der Jackentasche mit sich führen und einander wetteifernd um Bazillen vorzeigen, die Pelzsäcke für die Füße, aber am schillerndsten ist wohl jenes von der ungebildeten Frau Stöhr im *Zauberberg* ›blauer Heinrich‹ genannte Fläschchen, das Vademecum für die Tuberkulosekranken. Es handelte sich dabei um einen 10,5 Zentimeter hohen Apparat, dessen Körper aus blauem Glas gefertigt ist und der mit seinem metallenen Deckel und Boden einen geradezu ästhetischen Eindruck hinterlässt. Im ›Taschenfläschchen für Hustende‹, so der eigentliche Name des Flakons, verwahren die Kranken ihr Sputum. Diese Erfindung eines Lungenarztes aus dem Taunus war – seit 1889, kurz nach der Entdeckung des Tuberkels durch Robert Koch 1982 – ein Verkaufsschlager. Es sollte die Infektionsgefahr durch den Auswurf Tuberkulosekranker verringern. In der Hausordnung der Sanatorien konnte man in der Regel lesen, dass darum gebeten werde, nicht auf den Boden zu spucken – und daher auch die Waschbecken auf den Gängen. Der ›blaue Heinrich‹ erinnert farblich an alte Tintenfässer. Ein Trichter reicht in die Tiefe des Glaskörpers und birgt den unappetitlichen und gefährlichen Inhalt. Durch den abschraubbaren Boden ließ man das Sputum aus dem Glaskörper ab, den man anschließend mit einer Karbollösung reinigte. In Klabunds Erzählung *Die Krankheit* tritt ein Assistenzarzt auf, der ebenfalls mit diesem Gegenstande hantiert.

> »Er hielt ein blaues Speiglas, auf dem eine sonderbare Tabelle angebracht war, gegen das Licht. ›Zehn Kubikzentimeter Auswurf‹, lächelte er, von irgendeiner inneren Fröhlichkeit betroffen.«[16]

Nicht zum ersten Mal im Schaffen von Thomas Mann entwickelte sich ein Manuskript, das zunächst als Erzählung begonnen wurde, wie von selbst zu einem umfangreichen Roman. Aus der Pension Einfried und dem Doktor Leander in der Tristan-Novelle wurde ein gewaltiger Zauberberg, auf dem der Klinikleiter Hofrat Behrens ein ganzes illustres Panoptikum an Patienten untersuchte und behandelte. Der Klatsch und Tratsch, von dem Katia ihrem Gatten gleich nach seiner Ankunft am Bahnhof in Davos vollmundig und in ulkigen Details berichtete, zog ihn sogleich in Bann, witterte der Schriftsteller in den Geschichten und Geschichtchen über die Patienten doch Rohstoff für ein neues Werk. Auch nach seiner Abreise Mitte Juni 1912 versorgte sie ihn weiterhin per Brief mit vielen Details und Anekdoten aus dem Sanatorium. In ihren Memoiren läßt Katia Mann keinen Zweifel offen: Sämtliche Gestalten aus dem Roman haben ein authentisches Vorbild. Thomas Mann in seinem Vorwort:

> »Diese Krankenwelt dort oben ist von einer Geschlossenheit und einer einspinnenden Kraft, die Sie ein wenig gespürt haben werden, indem Sie meinen Roman lasen. Es ist eine Art von Lebens-Ersatz, der den jungen Menschen in relativ kurzer Zeit dem wirklichen, aktiven Leben vollkommen entfremdet. Luxuriös ist oder war alles dort oben, auch der Begriff der Zeit. Bei dieser Art von Kuren handelt es sich stets um viele Monate, die sich oft zu Jahren summieren. Nach einem halben Jahr aber hat der junge Mensch nichts

anderes mehr im Kopf als die Temperatur unter seiner Zunge und den Flirt. Und nach einem zweiten halben Jahr wird er in vielen Fällen nie wieder etwas anderes im Kopf haben können als dies. Er wird endgültig untauglich für das Leben im Flachland geworden sein.«[17]

Die Entstehungsgeschichte des *Zauberbergs* ist eine Geschichte der Pausen und Unterbrechungen. Zwischen Thomas Manns Besuch in Davos und der Veröffentlichung des Romans liegen volle zwölf Jahre. Nachdem der Schriftsteller aus Davos zurückgekehrt war, machte er sich zunächst an die Fertigstellung seiner Novelle *Tod in Venedig,* er arbeitete ein wenig weiter am *Felix Krull,* und dann wollte er eine Davos-Novelle in Angriff nehmen. Klaus Mann schreibt: »*Der Zauberberg* war nur als ein witziges Gegenstück zum *Tod in Venedig* gedacht, ein Satyrspiel, eine Karikatur auf die Todesfaszination, die jene Novelle so ernsthaft behandelte …«[18] Diesmal wollte der Schriftsteller den Tod von seiner ironisch-humoristischen Seite schildern. 1913 machte er sich daran, die Novelle zu schreiben. Und der Text, der in seiner Arbeitsplanung eigentlich nur einen kurzen zeitlichen Einschub verlangen sollte, nahm bis zu seinem endgültigen Erscheinen dann schließlich viel mehr als ein Jahrzehnt in Anspruch. Als Thomas Mann seinen vierundzwanzigjährigen Protagonisten Hans Castorp auf den Zauberberg schickt, ist er selbst siebenunddreißig Jahre alt, Vater von vier Kindern und als Autor recht angesehen. Als er endlich die Worte ›Finis operis‹ unter das Manuskript setzt, geht er auf die Fünfzig zu, ist Vater von nun mehr sechs Kindern und auf dem Weg zum internationalen Star am Literaturhimmel. In der Zwischenzeit hat ein Krieg ungeahnten Ausmaßes die ganze Welt und die Fundamente des bürgerlichen Bewusstseins erschüttert, und Thomas Manns alter ego Hans Castorp musste sich aus den ›künstlichen Paradiesen‹ der Sanatoriumsatmosphäre wieder hinab in die Niederungen des Weltgeschehens begeben. Hans Castorp zieht in den Krieg.

Ein Schriftsteller wie Thomas Mann hatte stets mehrere Arbeiten auf dem Schreibtisch, manches kam somit später zum Abschluss als geplant, weil zunächst einer anderen Sache der Vorrang gegeben wurde. Der Erste Weltkrieg war jedoch das Großereignis, welches die Voraussetzungen für die Geschicke der Figuren in Thomas Manns Davos-Panorama vollkommen veränderte. »Der Zauberberg«, schreibt Peter de Mendelssohn zur Entstehungsgeschichte des Buches, »darauf lief es hinaus, war ein Vorkriegsroman; er war durch den Krieg zu einem historischen Roman geworden, und er mußte es bleiben. Damit er es bleiben konnte, mußte die schwere Gedankenfracht des Krieges auf ein anderes Schiff verladen werden, denn das Romanschiff wäre unter der Last geborsten und gesunken.«[19] Thomas Mann war ausgegangen von einer Gesellschaft vor dem Ersten

Weltkrieg; die Lungenkrankheiten sollten als Abbild einer überkommenen Gesellschaft dienen, nun entpuppte sich die Atmosphäre auf dem Berg als ein in sich geschlossenes, scheinbar autonomes, aber auch artifizielles Reich, die Ruhe vor dem Sturm. Kategorien und Begriffe veränderten sich rasch, andere Prioritäten rückten in den Vordergrund. Das Manuskript musste erst einmal wieder weggepackt werden. Im Herbst 1914, der Krieg war noch jung und niemand ahnte, wie lang er sich hinziehen würde, schrieb Thomas Mann einen längeren Aufsatz – *Gedanken im Kriege* – und einen historischen Essay, *Friedrich und die Große Koalition,* sowie die umfangreichen *Betrachtungen eines Unpolitischen,* er bezog darin Stellung zur aktuellen Weltlage und kam damit seinem Bedürfnis nach, Position außerhalb der Fiktion zu beziehen. Das Davos-Manuskript wanderte bis ins Jahr 1919 wieder auf den Stapel der unabgeschlossenen Projekte. Doch ab 1920 – so zu lesen in Thomas Manns Tagebüchern – geht die Arbeit stetig voran, in gewohnter Thomas-Mann-Manier sind es ein, zwei Seiten täglich, die er vollendet. An Max Rychner schreibt er: »Es ist eine weitläufige Composition. Ich habe noch viel daran zu thun. Vom Erscheinen in diesem Sommer ist keine Rede.«[20] Das abgeschlossene Buch ließ zwar noch auf sich warten, doch im Mai 1920 erschienen in der *Neuen Zürcher Zeitung* bereits Teile des ersten Kapitels als Vorabdruck. Von da an war die literarisch interessierte Welt davon in Kenntnis gesetzt, dass auf dem Schreibtisch des Schriftstellers ein größeres Werk im Entstehen war, auf das man vor allem in der Schweiz mit Spannung wartete.

Thomas Mann und die Eiskunstläuferin Niddey Impekoven beim Davoser Eisfest, 1921.

1921, Mitte Januar, führten eine Reihe von Vorlesungen Thomas Mann abermals nach Davos. »Traumhaft der Aufenthalt in der lange vergeistigten Wirklichkeit«, notierte er über jenen »seltsam extremen Ort, mit dessen Namen … mein Träumen und Bilden seit langem so eng verknüpft ist.«[21] Nun drängt es den Schriftsteller, das Werk endlich zum Abschluss zu bringen, doch fehlt ihm für diesen letzten Schritt offenbar noch immer Anschauungsmaterial aus dem wirklichen Leben.

An dieser Stelle tritt Gerhart Hauptmann auf den Plan, der große Kollege aus Schlesien. Hauptmann wird der noch fehlenden Gestalt des etwas grobschlächtigen Mynheer Peeperkorn Kontur geben. Während mehrerer Begegnungen an Urlaubsorten konnte Thomas Mann seine Beobachtungen anstellen – und sie sogleich in Literatur ummünzen. Ein Abstecher im Juli 1924 auf die Ostseeinsel Hiddensee, wo die Manns und die Hauptmanns im Ort Kloster zusammentrafen und beide Familien in der Pension ›Haus am Meer‹ hoch über der Steilküste untergebracht waren, bot das Anschauungsmaterial, um der Figur Peeperkorn den letzten Schliff zu geben. »Thomas Mann dürfte eifrig am Bildnis des Holländers geschnitzt haben, während er mit dem Vorbild Wand an Wand wohnte. Hauptmann ahnte nichts davon.«[22]

Als *Der Zauberberg* – endlich! – am 20. November 1924 erscheinen konnte, als Thomas Mann seine ersten öffentlichen Lesungen aus dem Buch abhielt, wurden Stimmen laut: Man erkannte im trinkfesten Mynheer Peeperkorn sogleich den Dramatiker Hauptmann wieder, von dem es hieß, dass er täglich gut und gerne zwei Flaschen Rotwein aus seinem gut bestückten Keller leere. »Hedwig Fischer, die Gattin des Verlegers, bat Thomas Mann unverzüglich, wenigstens einige Einzelheiten wie etwa die Rotweinflecke auf der Decke fortzulassen, damit Hauptmann sich nicht zu sehr verletzt fühle.«[23] Zu spät. Die anfängliche Begeisterung des Lesers Hauptmann über den Roman des Zeitgenossen schlug jäh in Zorn um, als er sich auf den entsprechenden Seiten wiedererkannte. Er nannte Peeperkorn ein ›idiotisches Schwein‹ und stritt jegliche Ähnlichkeit mit diesem ab. Die Freundschaft lag einige Zeit auf Eis, bis Thomas Mann einen Brief schrieb, indirekt Abbitte leistete und Hauptmann mit einem ›Schwamm drüber‹ großzügig einschlug.

Der Zauberberg war umgehend ein durchschlagender Erfolg.

»Die erste Auflage von zwanzigtausend Exemplaren der beiden ins graue Ripsleinen der damaligen Gesamtausgabe gebundenen Bände war im Handumdrehen verkauft, noch vor Weihnachten 1924 erschien das dritte Zehntausend, und Thomas Mann schrieb: ›Der Zauberberg hat schon ein paar schöne Kritiken. Eine eigentliche Pleite kann es kaum noch werden.‹ Und im Februar 1925 konnte er [Ernst] Bertram melden: ›Ich habe, unter uns gesagt, an Eintrittsgeldern in mein mystisch-humoristisches Aquarium schon einige siebzigtausend Mark verdient, und so habe ich mir denn ein Auto angeschafft, einen hübschen sechssitzigen Fiat-Wagen …‹«[24]

Das Sommerhaus der Manns entstand ebenfalls in den Jahren nach dem Zauberberg-Erfolg. Man ließ es sich in einem bei Künstlern sehr beliebten Fischerdorf in Nidden an der Kurischen Nehrung errichten. Der Zauberberg machte Thomas Mann nicht nur zum wohlhabenden Mann, sondern endgültig zum weltweit bekannten Autor. Als er 1929, fünf Jahre nach dem Erscheinen, den Nobelpreis für Literatur erhielt, geschah dies offiziell für die *Buddenbrooks*; Weltruhm hatte ihm jedoch *Der Zauberberg* verschafft.

Der internationale Durchbruch, den er diesem Buch zu verdanken hat, ist die Voraussetzung dafür, dass Thomas Mann, anders als so viele seiner Kollegen, von einer abgesicherten Existenz ausgehen konnte. Während etliche Schriftsteller – so auch sein Bruder Heinrich – im Exil beruflich strandeten, weil ihre Arbeit untrennbar mit der Muttersprache verbunden war, mit der Anbindung an die Heimat und das dortige Publikum, war Thomas Mann qua *Zauberberg* kurzerhand zum Weltbürger-Literaten avanciert. Schon seit 1917 waren seine Bücher bei Alfred A. Knopf, einem angesehenen New Yorker Verlagshaus, erschienen. *Der Zauberberg,* der 1927 erstmals auf amerikanisch herauskam, machte seinen Autor einer noch breiteren Leserschaft als zuvor jenseits des Atlantiks bekannt. In seinem eigens erbauten neuen Haus im kalifornischen Pacific Palisades konnte er somit gelassen an seinem nächsten bahnbrechenden Werk schreiben: dem *Doktor Faustus.*

Der französische Schriftsteller Philippe Soupault besuchte Thomas Mann während der Entstehungszeit des Zauberbergs in seinem Haus in München – es ging Soupault um die Übersetzungen der Werke Manns für die Pariser Edition.

> »Man hatte den Eindruck, ihn zu stören, dass er es eilig hatte, wieder nach oben in sein Arbeitszimmer zu kommen, wo er gerade an seinem nächsten Roman schrieb. Ich glaube, das war *Der Zauberberg.* Seine Frau war liebenswürdiger, aber auch sie sehr distanziert. Was noch verwir-

render war, das waren seine älteste Tochter, Erika, und der Sohn Klaus. Zwei ›Phänomene‹, wie man sie vorstellte. Sie waren entfesselt, zu allem fähig, möglicherweise, um ihre angepaßten Eltern zu brüskieren, die ihnen alles durchgehen ließen …«[25]

Das druckfrische Exemplar des Romans, das Thomas Mann seinem ältesten Sohn Klaus überreichte, enthielt eine Widmung, die diesem als äußerst zweideutig, wenn nicht gar kränkend erscheinen mußte: ›Dem geschätzten Kollegen – sein hoffnungsvoller Vater.‹ Was Klaus als ›Scherz‹ zu betrachten versuchte, war für die Presse ein gefundenes Fressen. Was an der schriftstellerischen Arbeit des Filius noch als unausgegoren, an seiner exzentrischen Lebensführung viele Kritiker zum zynischen Widerspruch reizte, das fand in der durchaus deutbaren Ironie des Vaters Nahrung. Pech für Klaus, dass sein literarisches Debüt nun ausgerechnet in den Zeitraum fiel, in dem Thomas mit *Der Zauberberg* Furore machte.

»Der eigentliche Grund für das Geschrei und Getue, das feindliche sowohl als auch das schmeichelhafte, war natürlich der stetig wachsende Erfolg meines Vaters. Um die Zeit, von der hier die Rede ist, stand er mehr denn je im Mittelpunkt des öffentlichen Interesses. Wenn die *Buddenbrooks,* der epische Schwanengesang des deutschen Bürgertums relativ lang gebraucht hatten, um sich die Gunst der Masse zu erobern, so wurde *Der Zauberberg* sofort als der erste deutsche Roman von großem europäischen Format begrüßt und anerkannt.

Der flitterhafte Glanz, der meinen Start umgab, ist nur zu verstehen – und nur zu verzeihen –, wenn man sich dazu den soliden Hintergrund des väterlichen Ruhmes denkt. Es war in seinem Schatten, daß ich meine Laufbahn begann, und so zappelte ich mich wohl etwas ab und benahm mich ein wenig auffällig, um nicht völlig übersehen zu werden. Die Folge davon war, daß man nur zu sehr Notiz von mir nahm. Meist mit boshafter Absicht. Irritiert durch ständige Schmeicheleien und Sticheleien benahm ich mich, ›grad zum Trotz‹, genauso indiskret und kapriziös, wie es offenbar von mir erwartet wurde.«[26]

Und die Kapriolen des Sohnes wiederum brachten den Vater hin und wieder in Verlegenheit. Das Konkurrenzverhältnis zwischen Vater und Sohn erhielt seine Brisanz freilich noch durch eine ganz andere biographische Nuance: Während der Sohn seine homosexuellen Neigungen offen auslebte – gern im Berliner Nachtleben –, sublimierte und verdichtete der Vater sie meisterhaft in seinem Œuvre. Vielleicht hatte Thomas Mann ja deshalb seine Gründe, manchmal lieber nicht so genau nachzufragen, wo der älteste Sohn gerade herkam. Es ist Katia Mann, die dem Gatten ein ums andere Mal

Auskunft gibt und seinem Gedächtnis auf die Sprünge hilft:

»›Nein, wirklich, Lieber, wie ich mich über dich wundern muß! Als ob ich dir nicht *erzählt* hätte, daß Klaus seinen Freund Crevel in Davos besucht hat! Er ist recht krank, der arme René, eine Lungengeschichte ... Was, du *kennst* ihn nicht? Aber da hört sich doch alles auf! Natürlich kennst du Crevel. Wir haben ihn doch voriges Jahr in Paris getroffen, auf diesem gräßlichen Empfang bei der Baronin X. Er hat dir sogar besonders gut gefallen, obwohl er so schnell sprach, daß du überhaupt nichts verstehen konntest.‹ Und dann machte mein Vater eine Bemerkung über René, aus der überraschend hervorging, daß er viel mehr von ihm wußte, als seine erste Reaktion hätte vermuten lassen.«[27]

Die zeitliche Übereinstimmung vom internationalen Durchbruch Thomas Manns und dem schriftstellerischen Sturm und Drang von Klaus hatte aber auch ihre guten Seiten. Als Klaus von einer Europareise zurückkehrt, die ihn auch nach Paris geführt hatte, hegt er die Absicht, nach verschiedenen literarischen Fingerübungen, Theaterstücken und Novellen, endlich – wie der Vater – einen umfangreichen Roman zu schreiben, vielleicht einen Generationenroman. »Ja, diesmal sollte es ein ausgewachsener Roman werden; ich hielt den Augenblick für gekommen, die komplette Beichte abzulegen, mir alles vom Herzen zu schreiben.«[28] Das Buch, das aus dieser Absicht hervorgehen sollte, war *Der fromme Tanz.* Wo der Vater seine homoerotischen Empfindungen literarisch verbrämt, wird das Schreiben des Sohnes zum Geständnis, die eigenen homosexuellen Neigungen betreffend; wo sich beim Vater biographische Vorbilder männlichen Geschlechts in weiblicher Gestalt, etwa als Clawdia Chauchat, präsentieren, treten beim Sohn die Liebenden auf als das, was sie sind: als Männer unter sich, als einander Liebende.

Noch einmal spricht Katia Mann:

> »*Der Zauberberg* hat die Davoser sehr geärgert. Das Buch hat in Davos Anstoß erregt, weil es den Anschein erweckte, als ob die jungen Leute aus reichen Familien, eingefangen von der Atmosphäre des Sanatoriums und den Annehmlichkeiten dieser Existenz, festgehalten würden, wo sie schon nicht mehr so krank waren, und nur wegen des Geschäftlichen und der Ungebundenheit viel länger blieben, als sie eigentlich mußten.«[29]

Es war durchaus nicht das erste Mal, dass Thomas Mann aneckte mit einem gesamten Ort – bereits das Erscheinen seines Erstlingsromans, den *Buddenbrooks,* hatte eine ganze Hansestadt in Aufruhr versetzt. Als der Autor 1929 für die *Buddenbrooks* den Nobelpreis bekam, rissen sich die Lübecker allerdings wieder um ihn, und auch die Davoser waren im Nachhinein durch ihr großangelegtes Auftreten in der Weltliteratur geschmeichelt – man lud gar zu einem Zauberberg-Fest, als die Manns mal wieder in die Schweiz zu reisen beabsichtigten.

Thomas und Katja Mann in St. Moritz, 1932.

Der Davoser Arzt Dr. Jessen, der das Vorbild für den Hofrat Behrens im *Zauberberg* abgibt, rief übrigens die Davoser Hochschulkurse ins Leben: 1927 organisierte er erstmals und mit großem Zulauf Lehrveranstaltungen hoch über dem Tal, zu deren Auftakt der Pianist Béla Bartók spielte, der damals gerade in Davos weilte, weil seine Frau wegen eines Augenleidens in einer dortigen Klinik behandelt wurde. Koryphäen der Wissenschaft wie Albert Einstein oder Ferdinand Sauerbruch, der Operationen im Brustraum erst möglich machte, wurden zu Vorträgen geladen, bei denen das zumeist allem Wissenswerten gegenüber aufgeschlossene und intellektuelle Kurpublikum die Reihen dicht besetzte. Doch im Zuge der Ausbreitung der braunen Pest des Nationalsozialismus waren auch die beliebten Hochschulkurse bald zum Scheitern verurteilt – die großen Köpfe am Rednerpult blieben aus. Schon 1933 war der

Prof. Dr. Jessen inspirierte Thomas Mann: Er ist Vorbild des Hofrat Behrens im *Zauberberg*.

Exodus der Künstler und Intellektuellen in ganz Europa spürbar, sogar in der Schweiz. Als der Zauberbergroman erschienen war, ließ sich noch nicht ahnen, dass die Schweiz, auf rund tausend Seiten zu einem Zeitpanorama und einem Monument der Weltliteratur geworden, ein beliebtes Ziel von Urlaubsreisen und Kuraufenthalten, schon bald Exklave der freien Welt und begehrtes Exilland werden sollte. Hierhin, in das schweizerische Arosa, gingen die Manns zuerst, nachdem Thomas Mann bald nach Hitlers Machtergreifung die deutsche Staatsbürgerschaft abgesprochen worden war. Und hierhin, ins schweizerische Kilchberg bei Zürich, kehrte die Familie nach mehr als einem Jahrzehnt und mehreren Stationen des Exils, das sie über Südfrankreich bis nach Kalifornien geführt hatte, auch wieder zurück.

Gala Dalí und Paul Éluard

Clavadel ist überall

Was Thomas Mann in seinem Zauberberg-Roman geschildert hat, die Romanze zwischen seinem Helden Hans Castorp und der kirgisenäugigen Russin Clawdia Chauchat, ist ganz aus dem Leben gegriffen – frei nach des Autors Einsicht, man brauche die Wirklichkeit überhaupt nicht zu erfinden, man müsse sie sich nur zurechtmachen.

Nicht, dass die ganze Gesellschaft der internationalen Patientenschaft im Sanatorium so siech darniedergelegen hätte, dass sie zu keinem Gedanken an Amusement mehr fähig gewesen wäre! Waren die täglichen Auskultationen und Anwendungen erledigt, so galt es, gegen den gelegentlichen Ennui in der Abgeschlossenheit des Sanatoriums vorzugehen. Die weniger kränkelnden und engagierteren Gäste und auch die Sanatoriumsleitung organisierten also Abendprogramme, die dem Divertimento und – lachen ist gesund – der Zerstreuung und schnelleren Genesung der Patienten dienen sollten. Es gab Schlittenpartien, Tanzveranstaltungen und Spieleabende. Es gab Vorträge, Lesungen und, besonders beliebt, Maskenbälle. Als Helena Dimitrowna Diakonowa aus dem russischen Kasan und Eugène Émile Paul Grindel aus Paris, Frankreich, beschließen, auf einem solchen Kostümfest vereint als Pierrot und Pierrette verkleidet aufzutreten, sind sie bereits ein Paar: Gala und Paul. Hier, in Clavadel, in der Höhenluft oberhalb von Davos, haben sich zwei Einzelgänger gesucht und gefunden. Die Russin und der Franzose werden einander begleiten, eine Weile jedenfalls. Eine weichenstellende Begegnung, für beide.

Dezember 1912: Die beiden Siebzehnjährigen, die noch nichts voneinander wissen, nähern sich der Bahnstation Davos-Platz aus ganz entgegengesetzten Himmelsrichtungen. Der junge Eugène Grindel reist von der Seine an, die halbwüchsige Gala von der Wolga – sie hat es weiter. Eugène, der sich erst mit Beginn seiner Dichterlaufbahn Paul Éluard nennen wird, hat sich bereits eine Weile im Sanatorium von Clavadel akklimatisiert, als Gala eintrifft. Am 19. ist er hier angekommen, fünf Tage nach seinem Geburtstag, der Dezember ist also sein Monat, doch seine Gesundheit steht derzeit offenbar unter keinem guten Stern. Nachdem er während eines Urlaubs verschwitzt in der Kälte umhergelaufen ist – er soll einem Adler hinterhergerannt sein, den er fotographieren wollte –, spuckt er Blut. Ein daraufhin in Paris diagnostiziertes Lungenleiden – eine sogenannte Haemoptysis – zwingt ihn zur Unterbrechung seiner

Ausbildung. Grindel junior lernt Buchhalter, denn er soll später einmal in die Fußstapfen seines Vaters, eines Immobilienkaufmanns, treten, dessen Vermögen dem Sohn ein Leben lang zugute kommen wird. Das Lungenleiden kommt zur rechten Zeit: Eugène möchte Paul werden, ein Künstler, ein Poet, nichts findet er langweiliger und nervtötender als das phantasielose Zusammenzählen von Beträgen in einem Kontorbuch. Aber Bücher schreiben, ja, das möchte er schon!

Seine Vorbilder sind die großen französischen Dichter, Arthur Rimbaud, Paul Verlaine, natürlich auch Paul Valéry, die Totenmaske des dichtenden Altvorderen hängt über dem zierlichen Schreibtisch in seinem Zimmer im Sanatorium von Clavadel; den Schreibtisch zieren mehrere gerahmte Familienbildchen und ein Figürchen, ein kleiner weißer Elefant wie aus einem Rilke-Gedicht. Zum ersten Mal ist Paul ganz alleine, auf sich gestellt, ohne die überaus beschützende Mutter. Der Junge aus der Großstadt ist auch zum ersten Mal dem überwältigenden Eindruck der Gebirgslandschaft ausgesetzt, die er von seinem Fenster aus sehen kann. Hier, fernab der Eltern und von Paris, wird der Nährboden für seine Laufbahn als Dichter bestens bestellt.

»Gerade eben komme ich von einer Auskultation. Der Doktor sagt, es ginge mir gut, sehr gut, an der Therapie muß nichts verändert werden, ich benötige auch keine Spritzen. Tuberkulin,

Kupfer, etc. Aber ich muß mehr spazierengehen: eine Stunde am Vormittag und zweimal eine halbe Stunde für den Rest des Tages. Es schneit ohne Unterlaß. Gestern abend, ich fühlte es schon vorher kommen, hatte ich eine ziemliche Rheumaattacke in beiden Beinen: Füße und Knie. Sie haben warme Luft darauf geblasen (so wie beim Friseur), und heute ist es weg.«[30]

So schreibt der junge Eluard an seine besorgten Eltern daheim. Es scheint jedoch ganz so, als sei die Krankheit buchstäblich wie weggeblasen, als der zarte Bursche aus Paris nur Zeit genug hat, die Beine hochzulegen und in Ruhe seine geliebten Dichter lesen zu können. Die Mutter, die ihn in Clavadel abgeliefert hat, berichtet zufrieden ihrem Gatten:

»Soweit ich feststellen kann, wird unser Junge sich bei der Pflege und dem guten Essen hier noch vor Ende des Winters prächtig erholt haben.«[31]

Das vierstöckige Sanatorium in Clavadel, 1625 Meter über dem Meeresspiegel, ist noch relativ neu, 1904 errichtet und mit rund sechzig Zimmern zur Südseite hin modern ausgestattet, die Mutter ist zufrieden und reist wieder ab, doch sie hat sich geirrt: Nein, nicht nur wenige Winterwochen, sondern über ein Jahr, bis zum 20. April 1914, wird ihr Sohn hier oben bleiben, denn so rasch wie gedacht geht es dann doch nicht voran mit der Erholung. Am 24. Januar 1913 läßt der Patient seine Mutter wissen:

»Wenn du diese Karte erhältst, bist du bestimmt gerade mit Großmama, und ich erwarte Papa. Vorausgesetzt er kommt, denn es schneit und schneit, es liegt schon fast 1 Meter. Spazierengehen ist nicht möglich. Ich kuriere mich in meinem Zimmer, die Fenster geöffnet, denn ich habe Kopfschmerzen, und der Arzt sagt, daß es auf der Galerie zu feucht für mich sei.«[32]

Das Sanatorium von Clavadel.

1913 sind sich Paul und Gala längst über den Weg gelaufen. Bereits als Kind mußte Gala ihre schwachen Lungen wiederholt in Moskauer Sanatorien kurieren lassen. Weil das offenbar nichts half, wird sie Ende 1912 in die Schweiz geschickt. Es ist eine lange und strapaziöse Reise: Sie führt quer durch das Zarenreich und die K-und-K-Republiken bis nach Davos und von dort ins nahe Clavadel. Aus der Zeitung *Le Courrier de Davos* geht hervor, dass Eugène Grindel der einzige Franzose im Sanatorium ist, während die Russen, neben zahlreichen Deutschen und Ungarn, etwa ein Viertel der Sanatoriumsgäste ausmachen. Schon während der Belle Époque bevölkerten betuchte russische Adlige Nobelhotels, Spielcasinos, renommierte Badeorte und Sanatorien vor allem in Deutschland und der Schweiz. Das hohe Aufkommen von wohlhabenden Russen auf dem Zauberberg – dem imaginären wie dem realen – hat seinen Grund sicherlich auch in der historischen Tatsache, dass viele von ihnen, die es sich leisten konnten, bereits vor der Oktoberrevolution aus dem unruhigen Heimatland in friedlichere Gefilde abtauchten – ein Exil vor der Zeit. Das allgemein herrschende Bild von Exotik und Distinguiertheit des Fremden ergab sich vor allem aus diesem Typus des reichen, reisenden Ausländers. Gala, die ganz allein, nicht, wie sonst üblich, im Familienclan auftrat, mied den Anschluss an die Landsleute. Über ihren Aufenthalt in Clavadel heißt es, sie habe sich meistens zurückgezogen, sei gleich nach den Essen wieder verschwunden. Das unpersönliche Krankenzimmer hatte sie – ähnlich wie Paul Éluard – in Windeseile zu einem höchst individuellen Kabinett umgestaltet, ein mit lauter Büchern – Dostojevski und Tolstoi – und ihren Lieblingsbildern bestücktes Refugium.

Hatte Éluards großes Vorbild Arthur Rimbaud in einem seiner berühmtesten Gedichte auch geschrieben: ›On n'est pas sérieux, quand on a dix-sept ans‹ – dass man mit Siebzehn unvernünftig sei und noch nicht ganz ernst zu nehmen, so ist es dem Siebzehnjährigen aus Paris allerdings sehr ernst mit seiner Liebe zu Gala. Schon ihrer Jugend wegen sind sie einander aufgefallen zwischen den zumeist älteren Herrschaften im Sanatorium.

In jedem Fall hat die junge Frau das Attribut ›kirgisenäugig‹, welches Thomas Mann seiner Romanfigur Clawdia Chauchat zuschreibt, verdient: Gala ist eine ungewöhnliche Schönheit, vor allem durch ihre dunklen magnetisierenden Augen, die ein paar Jahre später als die Augen der *Femme visible,* der sichtbaren Frau, vom Cover eines Hauptwerks surrealistischer Dichtung blicken werden. Aber ganz besonders erkennt sich der Einzelgänger Éluard in der individualistisch und dabei recht selbstbewusst auftretenden jungen Frau wieder. Beide Bewohner von Innenwelten, finden sie im Anderen eine Außenstelle, ohne die Räume der Phantasie verlassen zu müssen.

Gala und Paul in Clavadel, 1913.

Wie hat man sich ihre Erstbegegnung vorzustellen? Beide Einzelgänger treffen sich auf einem Spazierweg in der Umgegend des Sanatoriums und gehen ein Stück Wegs miteinander? Arrangieren sie es im stillschweigenden Einvernehmen, bei den Mahlzeiten wie zufällig nebeneinander zu sitzen? Erkennen sie sich während der Liegekur auf einem der Balkons des Sanatoriums als Lesende, als gemeinsam Reisende in imaginäre Welten, kommen sie darüber in ein erstes Gespräch?

Gala lernt in Clavadel durch Éluard jedenfalls jene Bücher kennen, an denen die Avantgarde in Paris sich gerade entzündet. Sie berauschen sich an Gedichten von Baudelaire und Apollinaire, dessen berühmte *Alcools* gerade erschienen sind – Liebesgedichte, von denen der angehende Poet sich besonders inspiriert fühlt. Auf seinem Nachttisch liegt auch ein Band mit Gedichten des Amerikaners Walt Whitman, die berühmten *Grashalme,* die gerade ins Französische übersetzt worden sind. Eine erlesene Entdeckung sind ihnen auch die deutschen Romantiker, Novalis oder Brentano, deren dunkle Ironie den späteren Surrealisten beizeiten begeistert. Der neue Freund aus Frankreich wird für Gala bald zum ständigen Begleiter auf ihren Phantasiereisen, zu denen sie vom Boden nüchterner bürgerlicher Tatsachen aus abheben können, im Schutz des Sanatoriums. Bald tauschen sie wie Pennäler auf Zettelchen gekritzelte Botschaften aus. Auf einen hat Gala geschrieben: »Ich bin Ihre Schülerin!«[33] Paul kommt aus Paris, jener Metropole an der Seine, die für Gala ein Versprechen sein muss, die Verheißung einer noch fremden glitzernden Welt, in der die Kunst, die Mode, ja, die Liebe zu Hause sind.

Die gegenseitige Zuneigung keimt und gedeiht in einem künstlichen Paradies in dünner Höhenluft, fernab von Alltag und Weltgeschichte, wo die beiden Siebzehnjährigen ihre Zuneigung in der Sorglosigkeit noch nicht aufgegebener Spiele begründen können; das Sanatorium von Clavadel bietet sich ihnen als idealer Ort einer verlängerten Kindheit an, in die die Liebe Einzug hält, deren symbolische heilende Kraft von beiden zur gleichen Zeit als neue Wirklichkeit erfahren wird. Welchen Rhythmus hat man sich vorzustellen in der Entwicklung ihrer Liebe? Welche Grundbegriffe lernen sie voneinander in der geschlossenen Welt des Sanatoriums? Bleiben sie keusche Patienten in Clavadel, oder huschen sie in den Abendstunden nach der letzten Mahlzeit im Speisesaal, ungesehen von den Leidensgenossen, von Balkon zu Balkon, in ein Zimmer? Ein in Clavadel aufgenommenes Foto zeigt das junge Paar mehr neben- als miteinander, beide seltsam in sich selbst verschlossen: Paul blinzelt selbstvergessen ins Sonnenlicht und hat seine langen schlanken Hände ineinander verschlungen; Gala, den Körper ihm abgewandt, zupft sich offenbar einen Fussel von der Schulter ihres eleganten Strickpullovers. Diese Pose mag dem Zufall des Schnappschusses geschuldet sein – auffällig ist jedoch, wie ernst Gala auf fast allen Fotos dreinblickt. Vergeblich sucht man nach einem Lächeln, einem Ausdruck von Zufriedenheit. Hatte sie Sorge, Paul gleich wieder zu verlieren? Jahre später schreibt sie ihm in einem Brief:

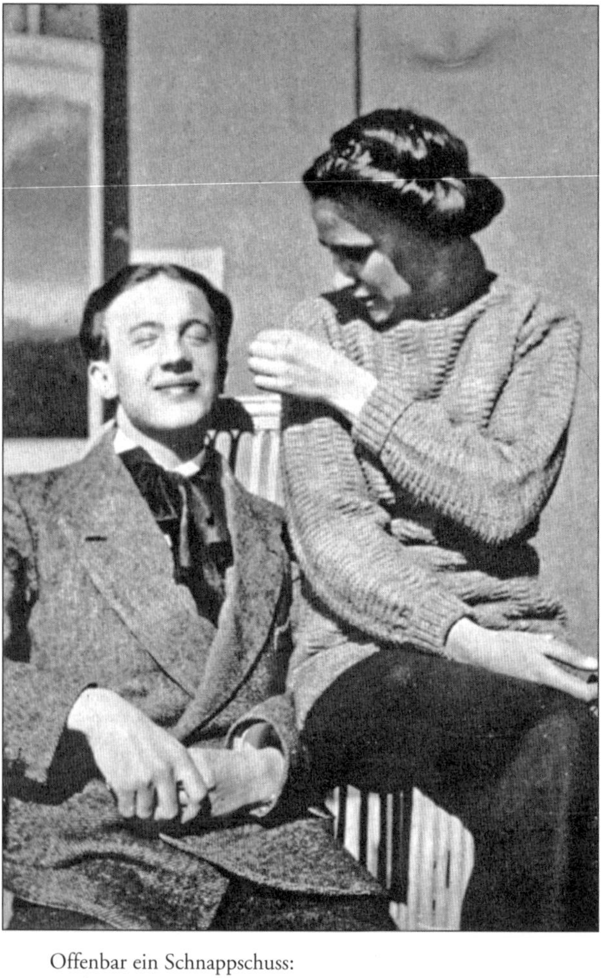

Offenbar ein Schnappschuss:
die frisch Verliebten, Paul und Gala in Clavadel.

»Ich erinnere mich an eine rührende Episode in Clavadel, als Du es Dir mit Mademoiselle ›gutgehen‹ ließest. Damals betete ich, vielleicht zum erstenmal, zu Gott. Er solle mir den jungen Mann geben, den ich so verehrte. Und siehe da! Du bist mein!«[34]

In Éluards Innenwelt vermischen sich schnell Sprachverliebtheit und sehnsüchtig erwartete Erfahrung der Liebe zu einer Frau, so viel ist belegt, für den angehenden Dichter zumindest in seiner frühen Poesie: Schon bald, am 1. Dezember 1913, erscheinen Éluards *Premiers Poèmes, Erste Gedichte,* inspiriert von Gala wohl

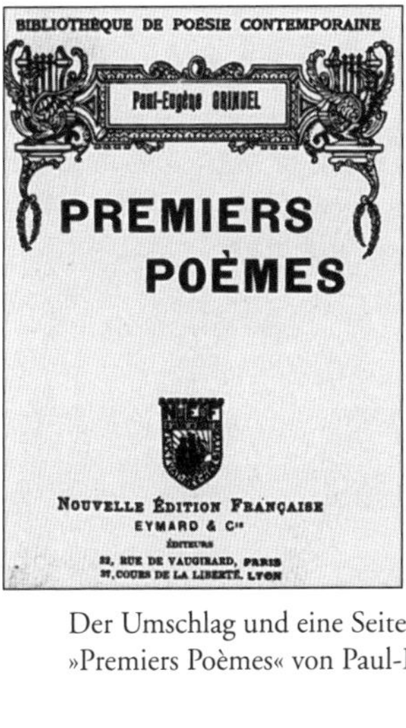

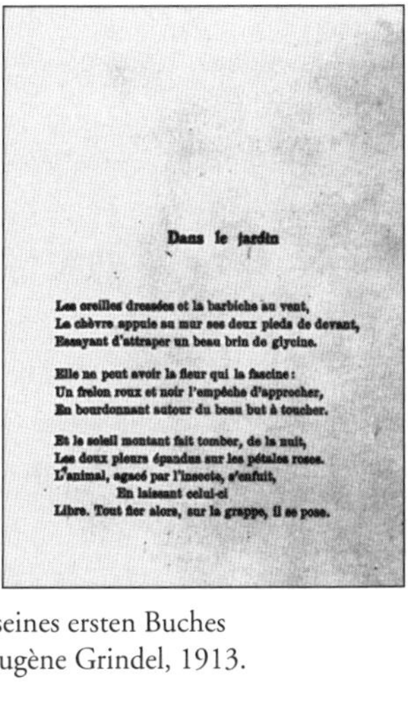

Dans le jardin

Les oreilles dressées et la barbiche au vent,
La chèvre appuie au mur ses deux pieds de devant,
Essayant d'attraper un beau brin de glycine.

Elle ne peut avoir la fleur qui la fascine:
Un frelon roux et noir l'empêche d'approcher,
En bourdonnant autour du beau but à toucher.

Et le soleil montant fait tomber, de la nuit,
Les doux pleurs épandus sur les pétales roses.
L'animal, agacé par l'insecte, s'enfuit,
En laissant celui-ci
Libre. Tout fier alors, sur la grappe, il se pose.

Der Umschlag und eine Seite seines ersten Buches »Premiers Poèmes« von Paul-Eugène Grindel, 1913.

ebenso wie von Apollinaire, finanziert allerdings von der Mutter, die ihr einziges Kind über alle Maßen vergöttert und dem Sohn jeden erdenklichen Wunsch erfüllt. Sie war es auch, die in Paris mit einem Verleger in Kontakt getreten ist, einem Herrn Eymard, der den Erstling gegen einen Geldbetrag druckt. Aus Eugène ist – hier oben in Clavadel – tatsächlich Paul geworden, Grindel wird zu Éluard, das ist der Mädchenname seiner Mutter, dessen Klang er für lyrischer hält und mit dem er als Autor seine ersten Gedichte zeichnet. Die erste Begegnung mit Gala, wie auch immer sie aussah, ist untrennbar verbunden mit seiner künstlerischen Initiation. Éluards *Erste der Welt,* wie eines seiner frühen Gedichte heißt, war niemand anderes als Gala, und ›Einziges Geschöpf‹ ist sie allein:

UN SEUL ÊTRE
A fait fondre la neige pure,
A fait naître des fleurs dans l'herbe
Et le soleil est délivré.

Ô ! fille des saisons variées,
Tes pieds m'attachent à la terre
Et je l'aime toute l'année.

Notre amour rit de ce printemps
Comme de toute ta beauté,
Comme de toute ta bonté.[35]

EIN EINZIGES GESCHÖPF
Hat den reinen Schnee schmelzen lassen,
Blumen erblühen lassen im Gras
Und die Sonne kommt hervor.

Oh, Mädchen bunter Jahreszeiten,
durch dich ist Boden unter meinen Füßen
und ich liebe das ganze Jahr.

Unsere Liebe lacht über diesen Frühling
Wie über all deine Schönheit
Wie über all deine Güte.

Gala wirkte an den Texten, die Éluard schrieb, zuweilen mit, eine einmütige Spielform zu zweit. 1914 erschien Éluards zweite Gedichtsammlung *Dialogues des Inutiles,* die *Dialoge der Unnützen,* versehen mit einem Vorwort von Gala, welches folgendermaßen beginnt:

> »Wundern Sie sich nicht, wenn eine Frau – vielmehr: eine Unbekannte – dem Leser dieses Bändchen vorstellt.« Sie zeichnet mit »Reine de Paleùglnn«, ein recht kryptischer Name, der auf einem Anagramm basiert und aufzuschlüsseln ist als »A P.E. G. UN RIEN D'ELLEN: A Paul Éluard, Gala, un rien d'Ellen.«[36]

Ellen – das ist die anglisierte Form von Helene, Galas eigentlichem Vornamen. Die vierzehn Minimal-Dialoge sind entstanden in Zusammenarbeit der beiden frisch Verliebten, die sich in der Abgeschiedenheit des Sanatoriums vielleicht wirklich wie zwei Unnütze in der Welt empfinden – und das nicht einmal ungern. Den spielerischen Ernst dadaistischer Textcollagen vorwegnehmend, die aus der Hand des aufstrebenden Dichters bald folgen sollten, identifizieren sich Gala und Paul mit den literarisierten Rollen, in denen sie sich gegenseitig als Liebende sehen. Im Gewand der Muse macht Gala ihn erst zu einem Dichter und damit auch zu einem Abkömmling jener exklusiven Welten – zu dem, den sie sich wünscht: *Réciprocité, Gegenseitigkeit,* heißt denn auch der folgende Dialog:

- Poète! Poète!
- Et toi, Poesie!
- Toi des hommes le moins bête!
- Et toi muse sans hystérie!
- Oh! toi! tu m'aimes, dis-le-moi. Les mots ne se quitteront pas. La vie est belle, belle, belle! Oh! dis-le-moi.[37]

- Dichter! Dichter!
- Und du, Poesie!
- Du, von den Männern der klügste noch!
- Und du Muse ohne Hysterie!
- Oh! Du! Sag', dass du mich liebst. Die Wörter werden sich nicht trennen. Das Leben ist schön, schön, schön! Oh! sag' es mir.

Gala und Paul – vielleicht der klassische Fall von Davos-Pilgern, deren Erkrankung dem Ennui geschuldet ist, der kleine Schatten auf der Lunge gepaart mit großzügigen Eltern im Hintergrund als willkommene Gelegenheit, Verhältnissen zu entkommen, die ihnen nicht als Voraussetzung für ein Leben erscheinen, das sie führen wollen. Für Paul bedeutete Clavadel das Vakuum, das er brauchte, um als Dichter Fuß zu fassen, für Gala bot sich der Bergort als das Sprungbrett in eine andere Welt, in der sie nicht in melancholischer Schönheit alterte wie eine Verwandte der *Drei Schwestern* aus dem Theaterstück von Anton Tschechow, sondern aus der sie – Jahre später – als Dalís Muse und Managerin zu Weltruhm gelangen wird. Und es ist schade, dass Éluard, anders als Thomas Mann, Klabund oder der Freund René Crevel, keinen Text hinterlassen hat, in dem die Anfänge der Liebe zu Gala in der Sanatoriumsatmosphäre zu Buche schlug.

Nur ungern verlassen die beiden Rekonvaleszenten den geschützten Ort ihrer Begegnung wieder, als die Ärzte befinden, dass die Zeit der Heilbehandlung schließlich abgelaufen ist. Éluard reist im Februar 1914 schließlich aus Davos ab, zurück nach Frankreich. Zuvor haben sie sich ewige Liebe geschworen und heimlich verlobt, Gala verspricht Paul hoch und heilig, für immer nach Paris zu kommen, sobald sie volljährig ist. Als sie die Rückreise zu den Eltern nach Kasan antritt, ist der Erste

Weltkrieg bereits ausgebrochen, und wegen der Militärtransporte auf allen Gleisen geht es nur mit langen Unterbrechungen voran – ein schierer Schock für die junge Frau, die, solches Tohuwabohu nicht erahnend, aus dem Bergidyll in der Schweiz kommt. Und gleich Hans Castorp vom *Zauberberg* zieht Éluard als Lungenkranker in den Krieg. Für den jungen Dichter tun die Zeitläufte somit ein übriges, um die Ausbildung zum Buchhalter zur fernen Vergangenheit werden zu lassen: Éluard wird ungeachtet seiner angeschlagenen Gesundheit im Dezember 1914 eingezogen. Als Lazaretthelfer steht er zwar nicht unmittelbar unter Beschuss, aber da er an der Somme, einem Hauptkriegsschauplatz, stationiert ist, offenbart sich ihm das ganze Grauen der Gefechte in Gestalt der Schwerverletzten und Moribunden, die unter seinen Händen sterben. Das Kriegsgeschehen lässt die Entfernung zwischen Gala und der gegenseitigen Liebe noch größer erscheinen; aufgrund des französisch-russischen Kriegsbündnisses besteht zwar eine Postverbindung zwischen beiden Staaten, aber die Beförderung der Briefe zieht sich oft über Wochen hin. Mit dem Schweigen zwischen zwei Nachrichten wächst Galas Angst immer wieder ins Unermessliche, Paul könnte schließlich doch noch als Kämpfer an die Front gekommen und dort gefallen sein. Mit der Volljährigkeit ist die schreckliche Wartezeit endlich um; die Eltern können Gala nicht länger daran hindern, zu jenem jungen Franzosen zu eilen, den sie niemals zu Gesicht bekommen werden. Éluard seinerseits muss bei seinen Eltern zunächst Überzeugungsarbeit leisten, denn die Auserwählte ihres Sohnes entstammt durchaus nicht den wunschgemäßen Kreisen der französischen Bourgeoisie, als Russin erscheint die zukünftige Schwiegertochter ihnen wie eine Exotin aus einem fernen unzivilisierten Land. Gegenüber seinem Vater beschwört Éluard immer wieder die enormen Vorzüge von Galas Charakter, vielleicht schon vorausahnend, dass Gala im Laufe ihrer Entwicklung ihre eigenen Wege einschlagen wird. So beschwört er ihre Sittsamkeit: »Ich habe eine Frau gewählt, deren Schlichtheit, Reinheit, Zärtlichkeit und Liebe ich Ihnen, der um diese Tugenden weiß, nicht beschreiben muß.«[38] In seinen Versen hält er sie ebenso rein wie die Sprache, die er ihr anverwandelt:

Son corps est un poème jaune,/ Impassible, splendide et fier/ méprisant de toute chair.[39] – *Ihr Körper ist ein gelbes Gedicht, unberührbar, wertvoll und stolz, jegliches Fleischliche verachtend.*

Dann aber hat der Dichter Grund zum Jubeln: *La petite chérie arrive à Paris./ Paris fait du bruit. Paris fait du bruit.*[40] Ja, die Geliebte nähert sich, Paris ist voll Lärm. Ein Triumphgesang! Doch Gala kommt im August 1916 in einem Paris an, das mitnichten der erträumten Lichterstadt entspricht, von der sie so viel gehört hat, sondern das vom Krieg gezeichnet ist – Rationierungen, überall trauernde Witwen und elende Versehrte.

War bereits die Abreise aus Davos eine Rückkehr in den Ernst des Lebens gewesen, hier findet Gala sich nach der Hochzeit mit dem Pariser Bürgerssohn im Februar 1917 plötzlich in einengenden familiären Verhältnissen wieder. Sie bekommt es mit der Schwiegermutter zu tun, der Glucke Madame Grindel, schließlich mit dem ganzen Familienclan, der ihr Verhalten umso mehr beäugt, als sie im Mai 1918 eine Tochter, Cécile, zur Welt bringt. Galas Pläne, in Paris als Modezeichnerin zu arbeiten, hat die Schwiegermutter ihr ohnehin gleich wieder ausgeredet, denn sie soll eine gute Hausfrau und Mutter werden und nicht im Berufsleben stehen. Wenigstens ist Paul zurück in Paris, er ist wegen seiner schwachen Lungen demobilisiert worden, aber wohlauf. Sie hat ihn wieder. Doch da stößt Éluard im März 1919 zum Kreis um André Breton. Der Dichter tritt in seine dadaistische Phase ein. Gala lässt sich ein und trägt nicht unwesentlich zu Éluards Image bei. Der Schriftsteller André Thirion erinnert sich, dass Éluard ein Aktfoto von Gala in seinem Portefeuille mit sich herumtrug und stolz herumzeigte. Auch schien er gern zu erwähnen, wie aufregend und gleichermaßen anstrengend es sei, mit einer Russin verheiratet zu sein.[41]

Während der Zwanzigerjahre, jenem Jahrzehnt in dem der Dichter Paul Éluard sich zu voller Blüte entfaltet und der Dadaismus seine Metamorphose zum politisch bewussteren Surrealismus vollzieht, begreift Gala, dass sie keine ›herkömmliche‹ Ehefrau ist. Cécile bleibt

Nach der Hochzeit in Paris, 21. Februar 1917.

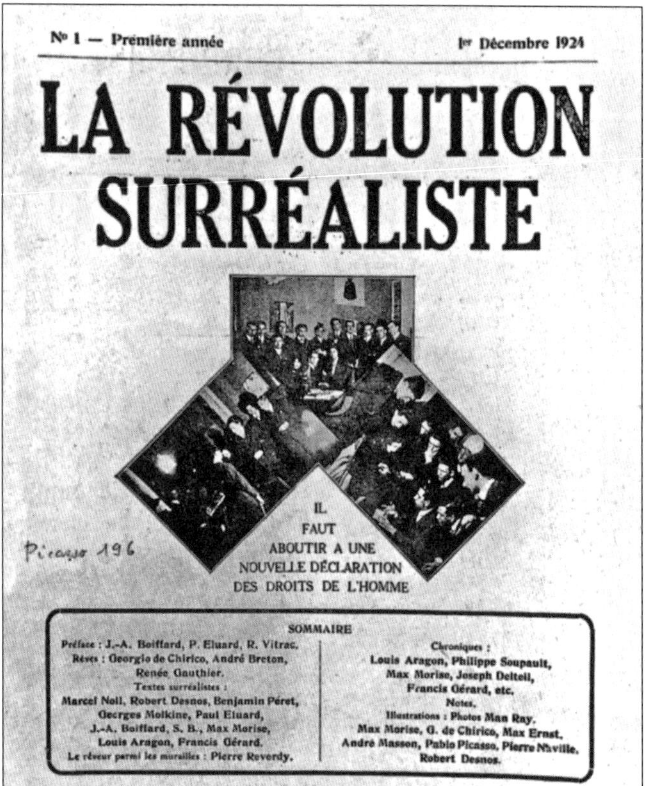
N° 1 — Première année 1er Décembre 1924

LA RÉVOLUTION SURRÉALISTE

IL FAUT ABOUTIR A UNE NOUVELLE DÉCLARATION DES DROITS DE L'HOMME

Picasso 196

SOMMAIRE

Préface : J.-A. Boiffard, P. Eluard, R. Vitrac.
Rêves : Georgio de Chirico, André Breton, Renée Gauthier.
Textes surréalistes :
Marcel Noll, Robert Desnos, Benjamin Péret, Georges Molkine, Paul Eluard, J.-A. Boiffard, S. B., Max Morise, Louis Aragon, Francis Gérard.
Le rêveur parmi les murailles : Pierre Reverdy.

Chroniques :
Louis Aragon, Philippe Soupault, Max Morise, Joseph Delteil, Francis Gérard, etc.
Notes.
Illustrations : Photos Man Ray.
Max Morise, G. de Chirico, Max Ernst, André Masson, Pablo Picasso, Pierre Naville, Robert Desnos.

ABONNEMENT, les 12 Numéros : France : 45 francs Etranger : 55 francs

Dépositaire général : Librairie GALLIMARD
15, Boulevard Raspail, 15
PARIS (VII°)

LE NUMÉRO : France : 4 francs Étranger : 5 francs

Titelblatt der ersten Ausgabe von »La Révolution surréaliste«, 1924.

die meiste Zeit bei den Großeltern, Gala passt sich dem freizügigen Treiben an; die jungen Eheleute unterhalten verschiedene Affären. Zwar hat Paul ständig Angst Gala zu verlieren, dennoch ist er ein Meister im Planen von ausgefallenen Liebesnächten: Gala solle ihrem Liebhaber, dem Dichter André Gaillard, zu verstehen geben, er wünsche sich, »dass wir es wie vereinbart gelegentlich zu zweit mit Dir machen.«[42] Éluard, von Philippe Soupault als ›Sexbesessener‹ und ›Pornograph ersten Ranges‹ tituliert, in einem Wortspiel von Robert Desnos zum ›poète élu des draps‹ – ›Paul Éluard: auserwählter Poet der Bettlaken‹ – ernannt, bietet seinen Freunden Gala freimütig zum Beischlaf an – und Gala weiß ihre Wahl zu treffen. Schon Anfang der Zwanzigerjahre fädelt Éluard ein Verhältnis zwischen Gala und dem Maler Max Ernst ein; er will den besten Freund an seiner großen Liebe teilhaben lassen, wünscht gar, dass Gala und Max in seiner Gegenwart miteinander schlafen – vielleicht eine Form der Homoerotik, dem Bruder im Geiste den Körper seiner Frau zu leihen und somit die eigene Sexualität um das andere Geschlecht zu erweitern, vielleicht auch eine Art surrealistisches Ritual, das der Befriedigung von Éluards Mannesstolz dient.

Besser als ein in strengen Verhaltenskodices erzogenes Kind der französischen Bourgeoisie ist Gala in der Lage, sich auf die Spielregeln der Surrealisten einzulassen – über den gesellschaftlichen guten Ton hat sie sich ja längst durch ihre Verweigerung des ihr vorgezeichneten

Lebens in Kasan hinweggesetzt. Als sie erkennt, dass das Eheglück zu zweit nicht funktioniert, das sie sich sowieso nicht nach bürgerlichem Vorbild, sondern als leidenschaftliche und treue Geliebte eines phantasiebegabten Mannes ausgemalt hat, findet sie immer größeren Gefallen an der polygamen Verehrung und an der eigenen Lust. Claire Goll, in deren Liaison mit Rainer Maria Rilke sich einmal mehr ihre eigene romantische Schwäche für die Dichternatur zeigte, befand über Gala:

> »Sie bildete ein seltsames Paar mit dem Dichter Paul Éluard, der bleich, durchgeistigt und fast durchsichtig wirkte. Ihrer beflügelnden Rolle getreu, fühlte sie sich nur als Mittelpunkt einer Gruppe wohl. Paul Éluard war ein überempfindliches Instrument wie eine Stradivari, die tausend Vorsichtsmaßnahmen erfordert. Gala wagte nicht, einen so zarten Poeten in ihren stählernen Griff zu nehmen. Statt des Tambours oder der großen Pauke, die sie gebraucht hätte, hielt sie nur eine biegsame Liane in der Hand. Gala war fürs Köpfezusammenstecken und geheime Zusammenkünfte geboren; sie suchte stets Intrigen zwischen ihren surrealistischen Freunden zu knüpfen, wieder zu entwirren und, vor allem, die Karriere ihres Mannes zu lenken. Aber Éluard war zu stolz, um andere Register als die der Poesie zu ziehen. Geld und leichte Erfolge lockten den Sohn eines Lotterieeinnehmers nicht.«[43]

Das Verhältnis zwischen Gala und Paul hat durch Max Ernst einen Sprung bekommen. Propagiert Éluard zwar auch weiterhin die mit der Ehe zu vereinbarende freie Liebe, so ist er doch misstrauisch geworden. Zu Recht: An die Stelle der Intimität mit Éluard tritt für Gala das Faszinosum, höchstselbst strahlender Mittelpunkt eines Liebesmythos zu sein. Es ist nur noch eine Frage der Zeit, bis Salvador Dalí die Bühne ihres Lebens betreten wird.

Éluard fährt in den Zwanzigerjahren auch immer wieder in die Schweiz, der Lunge wegen. 1928 heißt das Ziel nicht Clavadel-Davos, sondern Arosa, und die Schweizer Alpen sind für den Dichter ein willkommenes Déja-vu:

> »Ich muß gestehen, dass die Rückkehr nach Arosa mich nicht allzu traurig stimmt, zumal es keine Rückkehr nach Arosa, sondern ein Zurück zu Dir ist, also zu meiner Liebe. Demzufolge habe ich nur einen Wunsch: Dich sehen, Dich berühren, Dich küssen, Dich streicheln, Dich anbeten, Dich anschauen. Ich liebe Dich, ich liebe Dich allein, Du Schönste, und in allen Frauen erblicke ich immer wieder nur Dich: die ganze Frau, meine ganze, so große, so einfache Liebe.«[44]

Gala, in den Schweizer Bergen, um 1929.

Im März schreibt er an Gala:

»Ich bin mit dem Befund einigermaßen zufrieden. Im Grunde bin ich auch mit meiner Krankheit einigermaßen zufrieden, denn unter anderen Umständen hättest Du nicht so sehr auf Dich achtgegeben wie in einem Sanatorium. Hier kannst Du alles Erforderliche tun: sieben Mahlzeiten, Ruhe, und das alles in einer herrlichen Umgebung. Mir geht es wieder besser, bis auf mein Ohr und meine Zähne, derentwegen ich in Behandlung bin. Das Wetter ist sehr schön.«[45]

Und ein zweiter Aufenthalt im gleichen Jahr bringt eher melancholische Briefe an »sein liebes kleines Mädchen« hervor: »Ich war allein spazieren auf unserem Weg, der zu den überschwemmten Wiesen führt.«[46] Kurz darauf wollen die beiden sich in Seelisberg am Vierwaldstädter See treffen:

»Denke daran, daß der kleine Balkon sehr nützlich sein wird, wenn man eine Chaiselongue oder einen Liegestuhl auftreiben kann. Thorner sagte, daß Seelisberg sehr schön ist. Für Kranke gibt es da einen sehr guten Lungenspezialisten: Dr. Real in Schwyz.«[47]

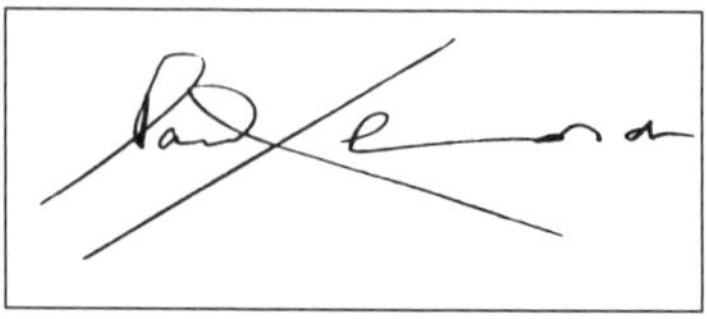

Paul Éluards Signatur.

Éluard und Dalí, deren Signaturen sich jeweils wie ein Paar gekreuzter Schwerter ähnlich ausnehmen, lernen sich im Frühjahr 1929 bei Kunstkäufen in Pariser Galerien kennen. Éluard ist begeistert von den Bildern des Spaniers, man plant eine künstlerische Zusammenarbeit. Noch im gleichen Jahr bereisen Gala und Paul das katalanische Cadaqués, sind Gäste im Haus von Dalí. Der erinnert sich:

> »Dieses Paar verkörperte für mich, den kleinen Provinzler, den Geist von Paris. Ihre Selbstsicherheit, ihre blasierten Mienen und ihr Luxus schockierten mich wie eine Herausforderung, und zugleich faszinierten sie mich, und Gala versetzte mich geradezu in Trance mit ihren Koffern nach der neuesten Mode, die sich, auseinandergenommen, in Schränke verwandelten und von Kleidern und feiner Wäsche überquollen.«[48]

Als er Gala erblickt, wie sie am Strand sitzt, ihm den Rücken zugewandt, ist er fasziniert, ihr Rücken ist »wie einst der Rücken meiner Amme.«[49] Es dauert nicht lange: Dalí nimmt jenes Angebot Galas an, mit dem Éluard so sträflich nachlässig verfahren ist: die Liebe als Paar zu leben. »Ein Kuß besiegelte meine neue Zukunft!«, jubelt Dalí.

»Gala wurde das Salz meines Lebens, das Härtebad meiner Persönlichkeit, mein Leuchtfeuer, meine Doppelgängerin – ICH. Fortan waren Dalí und Gala verbunden in alle Ewigkeit.«[50]

Lange noch wiegt sich Éluard in dem Glauben, die Lust des Augenblicks möge verfliegen wie in allen Affären zuvor, doch diesmal irrt er sich. Er drängt zum Aufbruch, sie macht keine Anstalten, die Koffer zu packen; Éluard reist ab, Gala bleibt. Die so oft verkaufte Braut entzieht sich ihrem Mann aus freien Stücken. Als das Jahr 1930 ins Land geht, ist klar, dass Gala und Dalí ein Paar sind und zusammenbleiben wollen, eine Tatsache, der Éluard noch nicht ins Auge blicken kann. Als sei es möglich, die Uhr zurückzudrehen und das Versäumte nachzuholen, richtet er für seine Zukunft mit Gala eine Wohnung am Montmartre ein. Doch wie bei den Bergreisen, bei denen er die gemeinsam gegangenen Wege abermals alleine abschreitet, handelt es sich auch hier um seinen einsamen und sehnsüchtigen Akt der Beschwörung.

Salvador Dalí und Gala nach ihrer ersten Begegnung.

Im Februar 1931 schreibt er an Gala: »Ich habe in der rue Becquerel übernachtet. Dort bin ich Deinem Geist begegnet, dem Geist unseres Lebens, das so voller Tränen und Liebkosungen war, so ganz von Dir erfüllt.«[51] Statt zum Ort wiederbelebten Familienglücks wird die von Éluard finanzierte Wohnung Anfang der Dreißigerjahre zu Galas und Dalís pied à terre in Paris. Doch die Besuche des Paares in der französischen Hauptstadt werden immer seltener; Gala hat ihre neue Heimat gefunden: Sie hat die Begegnung aus den Bergen gegen den Mann vom Mittelmeer eingetauscht. Im Laufe des Jahres 1932 geht die Scheidung der einstigen Liebenden von Clavadel über die Bühne; im Oktober 1933 heiraten Gala und Dalí im spanischen Konsulat von Paris.

Éluard wird eine neue Partnerin finden, Maria Benz, genannt Nusch, doch das Liebeserlebnis in Clavadel war seine Initiation und bleibt wie ein Notenschlüssel vor Éluards Leben stehen: Gala bleibt sein »kleiner Gott«,

> »das nervöse, reine und pathetische Mädchen, dass Du stets für mich gewesen bist. … Ich liebe Dich so sehr, erinnere Dich doch, glaube mir, es war zwar für Dich nicht immer eitel Sonnenschein, aber ich habe Dich immer furchtbar geliebt. Du hast mir alle meine Gedichte eingegeben.«[52]

In seinen Briefen an Gala ist die Sehnsucht nach der ersten Liebe eine ständige Litanei. »Seit siebzehn Jahren liebe ich Dich, und ich bin noch immer siebzehn Jahre alt.«[53] Wieder und wieder kehrt er in Gedanken an den Ort des ersten Mals zurück; Éluard bleibt zeitlebens ein Kranker – ein Liebeskranker, aber daraus schöpft er seine Poesie:

> »Meine schöne Gala, mein herrlicher Schatz aus Fleisch und Geist, ich führe ohne Dich ein recht trauriges Leben. … Du bist noch immer das verwirrte Kind von Clavadel.«[54]

In seinen Briefen an Gala ist immer wieder die Rede von Krankheiten, mal sind es die Nieren, dann wieder die Lungen, aber eigentlich ist es das Herz. Als wolle er jene Zeit des Beginnens in Clavadel-Davos immer wieder heraufbeschwören: »Du bist die Wurzel meines Lebens.«[55] Gala ist und bleibt für Paul zeitlebens der Inbegriff der Muse: Die Begegnung mit ihr entzündet weiterhin die Flamme, aus der sich seine Dichtkunst speisen wird, ein Leben lang. Vor allem Liebesgedichte werden es sein, die aus der Feder Éluards fließen. Es werden Gedichte an Gala sein, auch dann noch, als sie längst fern von ihm weilt und mit einem Anderen – in Spanien, mit Dalí. Von einem Aufenthalt in Montana schreibt Paul ihr 1946:

> »Ich kann nicht mehr so lachen wie früher. Aber ich kann dich anlächeln, meine kleine Gala aller

> Zeiten, selbst aus der Ferne, selbst in diesen Bergen, die wir beide so gut kannten.«[56]

Er lebt in der Erinnerung, und es trifft ihn sehr, dass Gala ihm einmal brüsk erklärt, sie wende sich gegen alles Erinnern. Also redet Éluard auf sie ein:

> »Für uns ist alles gegenwärtig, *muß* alles gegenwärtig sein, und im Augenblick befinde ich mich ebenso bei Dir in Clavadel, in Versailles, in Bray, in Eaubonne oder in Arosa ...«[57]

Gala ist, für Paul, an jedem erdenklichen Ort auf der Welt. Clavadel ist überall.

René Crevel und Mopsa Sternheim

Deutsch-französisches Gipfeltreffen

René Crevel, ein Kind der Jahrhundertwende, am 10. August 1900 in Paris geboren, wird von manchen als der Arthur Rimbaud des 20. Jahrhunderts bezeichnet, als ein trotziger Dichter der Schwermut und des Rausches, der Melancholie des Übergangs. Nicht wegzudenken ist er aus der Avantgarde-Truppe um André Breton, weder zur hohen Zeit der Dadaisten noch, als der Surrealismus seine schönsten Blüten treibt. Das Literaturstudium, das Crevel an der Pariser Sorbonne begonnen hat, nachdem er aus dem Krieg zurückgekehrt ist, läßt er, wenngleich ein guter Student, bald fallen – zugunsten eines Daseins als freier Schriftsteller.

René Crevel
(1900–1935).

In die Gruppe der Pariser Surrealisten bringt Crevel sich spielend ein, indem er die jungen Mitstreiter mit einer Befragung über den Selbstmord begeistert. Die Surrealisten sind für alle Themen empfänglich, die auch nur irgendwie Aussicht haben, bürgerliche Moralvorstellungen zu brüskieren, die freie Liebe, der Antiklerikalismus, Pazifismus contra Patriotismus, und auch der Tod von eigener Hand ist – erst recht im katholischen Frankreich – ein solches Tabuthema. Der Tod schlechthin ist allerdings ein ständiger und sehr realer Begleiter René Crevels, für den die ärztliche Diagnose schon in jungen Jahren – er ist gerade fünfundzwanzig – feststeht: TBC. So ist es auch nicht verwunderlich, dass der omnipräsente Tod von Anfang an das wichtigste Thema seines Schreibens darstellt: *La mort difficile / Der schwierige Tod,* lautet denn auch der programmatische Titel einer seiner Romane, erschienen im Jahr 1926.

Hier oben in der dünnen Luft der Sanatorien, wohin er immer wieder von den Ärzten geschickt wird, um sich zu kurieren und zu regenerieren, wo Ärzte über seinen Tagesablauf bestimmen, fühlt Crevel sich vollkommen abgeschnitten von der Wirklichkeit der Welt, für deren Gerechtigkeit er kämpft, und dafür wird er auch nicht entschädigt: Anders als dem Freund Paul Éluard wird ihm hier, in Davos, nicht die große Liebe begegnen. Das Liebesversprechen halten die großen Städte für ihn bereit, vor allem Berlin, in dem das schwule Leben eine – wenn auch weitgehend versteckte – Hochblüte feiert. Dort, in Berlin, lernt er zwar nicht die Frau seines Lebens, doch Freunde fürs Leben kennen – für sein so kurzes Leben.

Thea Sternheim, genannt Mopsa, ist eine Tochter des deutschen Dramatikers Carl Sternheim. Sie arbeitet am Theater, in den Zwanzigerjahren unternimmt sie zusammen mit Pamela Wedekind, auch sie ein ›Dichterkind‹, Tochter von Frank Wedekind, sowie Klaus und Erika Mann schauspielerische Experimente – in den Fußstapfen der berühmten und übermächtigen Väter inszenieren die jungen Leute das Stück *Anja und Esther;* Mopsa stattet die Bühnenbilder aus, so auch für Klaus Manns *Revue zu Vieren* unter der Regie von Gustaf Gründgens – gleich nach der Premiere jedoch ein Flop.

Zur ersten Begegnung zwischen Thea ›Mopsa‹ Sternheim und René Crevel kommt es zu Beginn des Jahres 1928. Crevel hat noch rasch eine komplizierte Pneumothorax-Operation über sich ergehen lassen müssen und ist, ein Rastloser, doch schon wieder unterwegs. Er reist nach Berlin. In diesen Kreisen junger aufmüpfiger Leute grassieren die Dreiecksverhältnisse, Gegenmodell zur bürgerlichen Ehe: Die egozentrischen Geschwister Klaus und Erika Mann erleben eine kurzfristige, aber heftige Amour fou zu dritt mit Pamela Wedekind. Annemarie Schwarzenbach, eine Schweizer Industriellentochter, tritt für eine Weile an die Stelle von Pamela, auch Ricki Hallgarten, der Freund aus München, ist ein enger Begleiter. In einer Geste des Aufbegehrens gegen bürgerliche Lebensverhältnisse verdammen sie also

Crevel mit Mopsa Sternheim.

das Glück zu zweit und propagieren, demonstrieren gleichgeschlechtliche Liebe und Promiskuität. Durch Klaus Mann lernt Crevel das Berliner Nachtleben kennen, die einschlägigen Homosexuellenkneipen der in dieser Hinsicht progressiven preußischen Metropole; er erfährt vom ›Institut für Sexualforschung‹ von Magnus Hirschfeld, welcher die allgemein tabuisierten Themen des menschlichen Körpers und Trieblebens auf eine wissenschaftliche Ebene bringt und der als Dr. Optimus Cerf-Meyer einen Auftritt in Crevels von Berlin ebenso wie von Davos inspiriertem Roman *Êtes-vous fous? / Seid ihr verrückt?* finden wird. Doch Crevel sucht nicht nur das haltlose Vergnügen in Berlin: Er hält einen Universitätsvortrag über den Surrealismus und trifft sich als Abgesandter und Vertreter der Pariser Avantgardekünstler mit dem angesehenen Kunstsammler Alfred Flechtheim, dessen Einladung er hierher gefolgt ist. Die ganz im Stile der Zeit bubiköpfige und androgyn gewandete Thea-Mopsa, die er durch Klaus Mann kennenlernt, wird rasch René Crevels enge Freundin, seine Intima, man beschließt sogar zu heiraten; dazu kommt es zwar nicht, aber ein Dreiecksverhältnis entspinnt sich auch hier: Mopsa ist mit einem österreichischen Maler und Lebemann zusammen, Carl von Ripper, und man avisiert eine Weile eine ›Ehe zu dritt‹. Doch Eifersucht kommt ins Spiel, von Ripper hat denn doch andere Vorstellungen als die Dichterkinder – auch die Dreiecksehe bleibt somit eine Utopie. Aber die Freundschaft zu dritt wird sich halten bis zu Crevels frühem Tod.

Klaus Mann mit Annemarie Schwarzenbach (links) und Sonja Sekula in Sils, 1936.

Im Juni des Jahres 1928 schreibt René Crevel aus Paris an Mopsa:

»Ich reise in 8 Tagen in die Schweiz, wo Paul Éluard sich gerade aufhält. Über die Schweiz, die ich hasse, bin ich nicht so glücklich, aber Éluard und seine Frau sind vollkommen.«

Er jammert beständig über seine Schreibfaulheit, doch er hat sich – wie Klaus Mann – fest vorgenommen, in den Bergen zu arbeiten, an einem ›großen, starken Roman‹.

»Wenn Du ein wenig Geld übrig hast diesen Sommer, komm mich in der Schweiz besuchen, man kann es sich leisten. Auch ich bin arm. In einem Jahr werde ich keinen Pfennig mehr besitzen und muß arbeiten. Gern wäre ich nach Amerika gefahren, doch der Arzt hier sagt, das wäre leichtsinnig. Mopsa, ich widere mich selber an. Mein Leben ist eine einzige Kinderei. Endlich, in 8 Tagen, die Freiheit, die Arbeit.«[58]

Dann ist er in den Bergen angekommen und sogleich entfährt es ihm bitter auf den Briefbögen: »Da bin ich wieder in der Schweiz, es geht so, immer noch kleine Löcher in der Lunge. … Mops, Mopsa, was für eine Scheiße diese Schweiz? Zum Glück sind Paul Éluard und seine Frau hier und nett. Ich arbeite.«[59]

Na also. Der ›große, starke Roman‹, an den er sich nach eigenen Aussagen nun doch gemacht hat, wird schnell verfasst, soll sein berühmtes Buch *Êtes-vous fous?* werden. Und die ›Scheiß-Schweiz‹ wird ihm immerhin als dankbare Kulisse für Passagen des Buches dienen, durch das sein Held Vagualame irrlichtert – in der deutschen Fassung als Seelenweh benamst. In seinem Roman tritt auch eine Figur auf, die sich als der ›Schweizerling‹ nicht eben mit Ruhm bekleckert. Dieser sogenannte Schweizerling ist Inhaber des ›SCHÖN LOKAL‹, in dem offen mit Kokain gehandelt wird und wo vor allem beleibte Kleinbürger mit schlechten Manieren verkehren.

Und darüber hinaus kann Crevel es nicht lassen, der Schweiz und ihren Bewohnern in seinen Büchern immer wieder eine neue Kröte zum Schlucken hinzuwerfen:

> »Zweifellos wäre es besser, wenn er jeden Abend, bevor er ins Bett geht, eine gute Seerosensuppe zu sich nehmen würde. Die Kinder der keuschen Schweiz zum Beispiel schlucken während der ganzen Zeit ihres Militärdienstes täglich mit freudigem Herzen mehrere Teller von dieser Brühe hinunter. So kehren sie jungfräulich in die Berge zurück und bereit, Kinder zu zeugen, die weder blau noch malvenfarben sind …«[60]

Immer wieder schimpft René Crevel auf das schöne Alpenland, wohl weniger, weil er es mit seiner Lungentuberkulose identifiziert, als aus weltanschaulichen Gründen: Gerade hat sich in der Surrealistengruppe die

Entscheidung für den Kommunismus vollzogen, ein offenes Eintreten der Künstler für die kommunistische Partei. Man ahnt, dass man sich der organisierten politischen Aktion anschließen muss, um etwas bewirken zu können, doch die Kollaboration mit den Genossen bekommt den jungen Literaten nicht besonders gut: Schnell merken sie, wie wenig ihre hochfliegende, von ästhetischen Maximen getragene Vorstellung einer kommunistischen und besseren Gesellschaft mit den Ansinnen der Kaderkommunisten zu tun hat, denen sie sich angeschlossen haben. Innerhalb der Surrealistengruppe kommt es schnell zum Bruch zwischen jenen, die unbedingte Parteitreue vor alles andere stellen, und jenen, die sich absolute Unabhängigkeit und Freiheit der Kunst auf die Fahnen geschrieben haben. Crevel, der ohnehin gegen alles Einengende und Ideologische aufbegehrt, fühlt sich in dieser Entscheidungssituation durch die Krankheit in ein geographisches Vakuum abgeschoben – und das ist für ihn nun einmal die Schweiz. Er hasst es, sich fernab von Paris und Berlin in den Niederungen eines noch so schönen Bergtals aufhalten zu müssen, wo doch in den einschlägigen Avantgardekreisen gerade die Literaturgeschichte revolutioniert wird. Er wird sich auf die Seite von André Breton schlagen: Die Kunst – die surrealistische Kunst – ist die eigentliche Politik.

»Die Eigenschaften, die er am unerbittlichsten verabscheute«, schrieb Klaus Mann über Crevel, »waren gerade jene, die er als typisch für die eigene Klasse empfand – die der Bourgeoisie der Dritten Republik. Kein Laster schien ihm so unverzeihlich wie der Geiz und die selbstzufriedene Beschränktheit, die er dem Milieu seiner Herkunft, den Eltern, Lehrern, Verwandten wütend zum Vorwurf machte.«[61]
Schon aus Protest trug er schreiend bunte Anzüge und umgab sich mit Leuten, deren Umgang zu Hause für ungut befunden wurde. Er trank scharfe Alkoholika und lästerte über Frankreich, den Katholizismus und seinen Vater, der sich erhängt hatte, er wetterte gegen alles Hohe und Heilige, vor allem, um die bigotte Mutter zu brüskieren, über die er jedem, der es hören wollte, als Megäre sprach. Das Aufbegehren gegen die Welt der Eltern einte die jungen Männer der Avantgarde; Crevels besonders ausgeprägter Protest trägt Züge von kindlichem Trotz – doch heißt es nicht immer wieder, besonders phantasievolle Menschen bewahrten sich die Kindheit auch besonders lange?

Das Literaturstudium an der Sorbonne gab er schon bald zugunsten eines Daseins als freier Schriftsteller auf. In der Surrealistengruppe tat Crevel sich immer dann besonders engagiert hervor, wenn es um die Experimente mit der Hypnose ging: In Trance versetzt, plauderte man aus dem Unterbewussten und erhielt, wenn man Glück hatte, poetische Verse. So entstand, wie beiläufig, ein genuin surrealistisches Genre: die ›écriture automatique‹, das automatische Schreiben.

Viel zu oft aber für sein Empfinden ist Crevel also nicht mit von der Partie, wenn es wiedermal um etwas geht in Paris. Dann ist er in Davos. Der damalige Kompagnon Philippe Soupault schreibt:

> »Wenn er wiederkam, schonte er sich jedoch nicht, sondern er sprach sehr viel über seine Krankheit, die als eine tödliche Drohung über ihm schwebte. Allein sein Lachen war Revolte und Leiden zugleich. Ein tragisches, erschreckendes, unvergeßliches Lachen. Er besaß eine außergewöhnliche Leidensfähigkeit.«[62]

Nein, in der Tat, Crevel schonte sich nicht. War er unter den Surrealisten einer der glühendsten, sich selbst verzehrendsten, so machte er die Nächte zum Tag, wenn er auf der Suche nach neuen Liebesabenteuern durch Paris zog. Soupault weiß auch zu berichten, dass Crevel und Éluard während der Kuraufenthalte in der Schweiz hin und wieder zusammentrafen und sich dabei miteinander anfreundeten.

Crevels sicherste Anbindung an die Welt ist Mopsa. Sie ist die Yolande in der Welt der Verrückten, Durchgedrehten und von der Krankheit haltlos gewordenen Mitmenschen, in der sein verrückter Romanheld Vagualame sich bewegt – *Êtes-vous fous?* Sie ist die Femme Fatale und das märchenhafte Zauberwesen zugleich. Sie unterrichtet er in regelmäßigen Briefen über sein Befinden, und sie kommt ihn – unterwegs nach Spanien – im August 1928 für zehn Tage in Davos besuchen. »Sie ist unverständlicherweise das bezauberndste Tierchen in diesem Land der Wiesen, des Steins und der Seen. Sie liest *Der schlecht gefesselte Prometheus,* was uns an Berlin erinnert. Sie liest über meiner Schulter und denkt, ich sei vulgär. Macht nichts. Man muß mich so lieben, wie ich bin, weil man nur so geliebt wird, wie man ist.«[63] Das schreibt er an Marc Allégret, den Freund von André Gide, dem Autor des *Promethée mal enchaîné,* des schlecht gefesselten Prometheus.

So sehr er Mopsa auch beschworen hat, zu ihm in die Berge zu kommen – seine junge Bekanntschaft Klaus Mann indessen möchte er lieber in der Stadt sehen. Doch dann macht er wieder einen Rückzieher. Er möchte lieber keine Affäre anfangen mit dem komplizierten Klaus. Vielleicht sind sich die beiden jungen Männer zu ähnlich. Klaus Mann hatte schon einige Zeit zuvor seiner Schwester Erika gestanden: »Ich liebe René Crevel.«[64]

> »Mopsa, meine süsse, meïn fraü, meïn meïn meïn, ich wollen kommt nach Berlin … von November. Yets ich fais tout ce qu'il faut pour que mon livre soit bien casé [sic].«

Lauter Liebeserklärungen, halb französisch, halb in einer Art Lautschrift-Deutsch verfasst.

> »Wenn wir beide ein bißchen alleine zusammen leben könnten. Mopsa, alles, was zwischen uns

gewesen ist, hat unsere Liebe nicht behindert. Die Zukunft ist nicht einfach, und wir, weder Du noch ich, sind auch nicht einfach. Aber was auch immer kommen mag, wir werden uns lieben.«[65]

Schon im Jahre 1929 erscheint *Êtes-vous-fous?,* mit dessen Niederschrift René Crevel im Sommer 1927 in Davos begonnen hat, bei Gallimard in Paris. Der kleine Roman ist dem Freundespaar aus Paris gewidmet, zwei Menschen, die Davos selber so gut kennen: »Für Paul und Gala Éluard.« Paul Éluard war es denn auch, der den Kontakt zu dem prestigereichen Verleger hergestellt hatte. Zahlreiche »Erinnerungen an das Wolkenkratzersanatorium« fließen mit leichter Feder in den Roman ein:

»Aber Herr Lungen macht es nicht mehr lange. Sein Herz schlägt ganz verkehrt. Brustfellentzündung – ein rechter Name für ein Schwurgericht, liebe Leute – vergiftet ihn Tropfen um Tropfen. Sie wird ihn mit Haut und Haaren haben. … Er wird vielleicht zwischen den Eisenstangen dieses Thorax sterben. Hört, wie er hustet. Ich ziehe Schwanengesang vor …

Tatsächlich hat der Vogel so heisere Capriccios von sich gegeben, daß der Mann Angst bekommen hat. Er hat ihn in die oberste Etage eines Wolkenkratzer-Sanatoriums gebracht.

Gute Reise, hatte die Stadt gepfiffen.

Anderntags war er in der Schweiz.

Vier Wochen später verkündete der Kalender die Geburt des Frühlings. Wer hätte dies geglaubt? Der Schnee bedeckte hartnäckig alles mit ein und demselben Bleiweiß.

Land, weder Stadt noch Dorf. Ein Bienenkorb mit Kranken. Auf ihren Waben-Balkonen leben Geschöpfe in einer Stille, einer Bewegungslosigkeit, daß man glauben kann, sie haben sogar ihr Schicksal verloren. Aber nach der Pflichtzeit in den Liegestühlen am Ende der Vormittage haben wir das Recht auf eine Grammophonstunde.

Dann drehen und drehen sich die Schallplatten. Jeder läßt seine Musik los. Die prahlerischen Klagen, die Lachsalven in Triolen, die großen sentimentalen Träumereien verknoten, vermischen sich.«[66]

Thomas Mann war, anders als der Freund des ebenfalls schreibenden Sohnes, selber nicht lungenkrank. Thomas Mann kam wieder weg aus Davos. So konnte er sich mit aller literarischen Lust der Beschreibung der Tuberkulose hingeben. Ganz anders der geplagte Crevel, über dem die schreckliche Diagnose zeitlebens wie ein Damoklesschwert hing:

»Für ihn war in der Stunde der erzwungenen Ruhe auf dem Wabenbalkon zwischen Wachen und Schlafen die plötzlich hole Flut der Tannen niemals Symbol für irgendeine wunderbare

Vergeltung. Unter den Wogen von Schatten, die bis zum Behandlungsraum anbrandeten, konnte nichts aus den Löchern auftauchen, das in Lyrismus und Größe zum körperlichen Verfall komplementär gewesen wäre, wie es das Grün zum Rot ist.«

Für den Autor Crevel alias Vagualame lässt die Krankheit keine wunderbare Quelle der Kunst entspringen, diesen »Operettenoptimismus«, der so vielen Schilderungen der Jugendstilvillen eignet, in denen Sanatorien untergebracht sind.

»Man hatte dich doch gewarnt. Keinen Morgen während dieser endlosen Tage, die du in der obersten Etage des Wolkenkratzersanatoriums verbringen wirst, hat der Mann mit dem spitzigen Schädel, der dir als Pfleger diente, es versäumt, dir zu wiederholen, daß ..., wenn du wolltest, von hier gerechnet einige Monate, ein Jahr, zwei Jahre ... – Was für ein Versprechen, in der Tat, konnte denn dieser unvollendete Satz andeuten? Einige Monate, ein Jahr, zwei Jahre ... ja, aber unter der Bedingung, daß man alles tut, was nötig ist, um die Heilung zu verdienen, fügte die SCHWESTER mit den Wangen aus rotem Wachstuch hinzu.«[67]

Das tut Crevel nicht. Und auch sein Held, sein Spiegelbild, protestiert:

»Die Heilung verdienen? Beim ersten Mal hast du dich gefragt, welches Verbrechen du wohl begangen hattest. Das zweite Mal hast du begonnen zu verstehen, dass eine ganze Berg- und Sanatoriumsmystik sich hinter dieser Formel verbarg.«[68]

Crevels persönliche Zauberberg-Version liest sich mehr als entzaubernd:

»Elende Internationale der verfaulten Brustkörbe, Bazillensyndikat, Husten-Freimaurerei, die seit der Romantik Skelettreize zur Schau stellt, Cousinen des gespreizten kleinen Fingers bürgerlicher Prätention, wenn sie ihre Mokkatasse an ihre ekelhaften Lippen hebt.

Die Entkropfte, zum Beispiel, liebt das Fieber und seine Pailletten in den Augen der Kranken, die Glühwürmchen nachts auf dem Rasen gleichen. Im Grunde wünscht sie denen einen kleinen Fieberanfall von 40 Grad, …

Atme mit ganzer Seele, ganzer Hoffnung, sprich nicht mehr, bewege dich nicht mehr, da im höchsten Stockwerk des Wolkenkratzersanatoriums selbst die Luft zur Würde eines Medikaments avanciert ist.

Und verlasse nicht mehr deinen Liegestuhl, selbst wenn deine Finger eisig werden trotz der Jahreszeit, die sich für eine halbe Woche Sommer nennt.«[69]

Ob René Crevel Thomas Manns Zauberberg kannte? Gut möglich ist es, fast sicher. Eine Übersetzung des Romans ins Französische erschien zwar erst 1931, also nach Erscheinen von Crevels Text, doch spätestens Klaus Mann wird dem Davos-Geprüften vom Werk seines Vaters berichtet haben – oder Philippe Soupault, der mit verlegerischen Missionen in Sachen Thomas Mann betraut war.

»Du zerbrichst dein Thermometer, zerreißt deine Temperaturaufzeichnungen.«[70] In der Tat pflegten die Sanatorienbewohner ihre Krankenblätter mit sich zu führen, um bei passender Gelegenheit mit einem Mitpatienten darüber zu fachsimpeln. Eine Koketterie, die Crevel – der wirklich Schwerkranke! – zu Recht anprangerte.

> »Dies hier ist eine Tuberkulosestation, die den Siechhäusern für die Aussätzigen im Mittelalter gleicht. … Heuer wird für mich der Sommer eingekeilt zwischen diesen kalten Bergen stattfinden … Wenn ich mir vorstelle, dass es andernorts wirklich Sommer ist, dann packt mich die Wut.«[71]
>
> »Keine Arbeit, nichts zu trinken, keine Liebe, hier gibt's wirklich keine Versuchung … Nur eine Straße hat es in diesem Dorf, aber sie gleicht dem Golfstrom. Der Egoismus ist der häßlichste Aspekt dieses Lebens, und der Körper ist hier ein Gott, was sag ich, er ist der Gott. Aber nach

Tagen, Wochen, Monaten und Jahren des Verzichts begehen diese Männer und Frauen mit ihren kranken Körpern plötzlich die verrücktesten Dinge. Was hätte Freud wohl zu dieser Stätte des steten Verdrängens gesagt?«[72]

Nun, lange nahm man tatsächlich an, dass Tuberkulose von zuviel Leidenschaft ausgelöst werde, Schwindsucht als ein Resultat der unterdrückten Sexualität zu werten sei.

Ähnlich wie Klaus Mann, der homosexuellen Leidenschaften nachhing und nachging und doch in seinen Tagebüchern heiß und innig bekannte, dass seine Schwester Erika die wahre und einzige Frau seines Lebens sei, vollzog René Crevel eine Aufspaltung von liebender Hinwendung und sexuellen Bedürfnissen: Die Briefe an Mopsa sind veritable Liebesbriefe, sein Begehren richtet sich aber auf das eigene, männliche Geschlecht. Klaus wiederum hängt an seiner Schwester Erika mit inzestuös gefärbter Liebe – seine körperlichen Bedürfnisse sucht er unter Seinesgleichen zu befriedigen, was, wie in seiner unerfüllten Liebe zu René Crevel, nicht immer mit Erfolg beschieden ist. Allzu oft müssen Drogen die Lücke zwischen beiden Sehnsüchten schließen, zeitweise den Rausch des Vergessens schaffen. Und in den Pariser Surrealistenkreisen, in denen Crevel verkehrt, ist die Homosexualität ein erklärtes Tabu, denn der selbsternannte Surrealis-

René Crevel in Davos.

tenpapst André Breton meidet das Thema wie der Teufel das Weihwasser. Klaus Mann ist ohnehin der Überzeugung, dass René Crevel als Ausnahmeerscheinung unter den Pariser Literaten anzusehen ist. Er beschreibt ihn als charme-begnadet, tragisch-wild, halb Erzengel, halb Boxer, die Augen als weite, leuchtende Sterne aus wechselndem Licht, »aufgerissen wie in steter Panik oder in stetem Entzücken.«[73]

Aus Leysin, einem Ort in der Westschweiz, zwischen Genfer See und Berner Alpen gelegen, schreibt Crevel am 1. November 1929 an die Freundin, berichtet ihr von unmöglichen Leuten in seiner Unterkunft, einem drogensüchtigen Zahnarzt, einer vertrottelten Engländerin, und schließlich dem Maître d'Hôtel höchstpersönlich – wahrscheinlich einem Schweizer –, der ihn beinahe vergewaltigt habe. Mal wieder ist er außer sich: »Ah la Suisse!«[74] Das gute Wetter, die gute Luft hier oben, mache einen doch nur glauben, dass man schneller genese. Er setzt es wieder schriftlich um. »So wuchs sein Tod in ihm, sein schwieriger Tod«, schreibt Klaus Mann.

> »Er wuchs im Innersten seines psychischen und organischen Seins, einer mörderischen Frucht gleich, die reifen will; und wenn sie reif ist und weich, bricht sie auf, um mit dem Erguß ihres purpurnen Saftes das zarte Herz, das sie genährt, zu überschwemmen und zu vernichten.«[75]

In einem weiteren Brief vom 1. November 1933, Pension Rychner, Davos-Platz, schreibt Crevel:

> »Das Zimmer ist weiß und malvefarben, draußen ein schweizerisches Allerheiligen mit Schneematsch, grauem Himmel, etc. Nun, die Kulisse stört mich nicht. Am Nachmittag werde ich den Doktor aufsuchen, um mit ihm über eine Salzkur zu sprechen. Mein erster Brief (abgestumpft durch die Schweiz) soll für Dich sein …«[76]

Im August 1934 ist René Crevel schon wieder in Davos-Platz, diesmal wohnt er im Kurhaus Merula. »Der Typ aus dem Labor (ein schmuddliger Weißrusse) hat mir gesagt, daß er Bazillen gefunden hat. …«, schreibt er. Dann kam der Arzt, der die Bazillen für abgestorben erklärte. »Donc Alléluia. … Ich denke an Deutschland. Was mich da unten in München erschreckt, das sind die vielen Frauen, die Hitler anhängen und auch demnach aussehen. In den Museen, den Straßenbahnen, überall, schrecklich, diese Walküren.«[77] Und er fügt an dieser

Spaziergang in Davos:
Crevel, Tota Cuevas und Éluard.

Stelle eine kleine Zeichnung in seinen Brief an Mopsa ein, auf der eine grimmig dreinblickende Frau mit einer Hakenkreuzbinde am Arm zu sehen ist.

René Crevel läßt es allerdings nicht bei solchen zeichnerischen Marginalien am Rand des Briefpapiers bewenden, wenn es um den bedrohlich um sich greifenden Faschismus geht. Er, der doch so Labile, beweist handfestes Engagement, nimmt an öffentlichen Protestaktionen teil, als er wieder in Paris ist. Durch seine guten Kontakte nach Berlin und die Freunde Mopsa und Klaus nimmt Crevel besonderen, persönlichen Anteil am Geschehen in Deutschland, er verfasst einen flammenden – natürlich mehr als kritischen – Aufsatz mit dem Titel *Die kulturelle Situation in Deutschland.*

Doch das aufreibende Auf und Ab in der Surrealistengruppe geht weiter: Es kommt zum Bruch mit Breton, in dem Moment, da dieser den bewunderten Dalí aus der Surrealistengruppe ausschließt. Crevel hasst das immer autoritärere Auftreten Bretons, der nichts, aber auch gar nichts gelten lässt, was nicht seiner Auffassung entspricht. Crevel erkennt aber auch die Notwendigkeit, die darin liegt, sich im Kampf gegen den sich immer bedrohlicher in Europa ausbreitenden Faschismus zusammenzuschließen. Er drängt auf Versöhnung zwischen Surrealisten und Kommunisten, weil er unbedingt möchte, dass surrealistische Schriftsteller auf dem im Juni 1935 im großen Theatersaal der Pariser ›Mutualité‹ anstehenden ›Kongreß zur Verteidigung der Kultur‹ zu Worte kommen. Doch das ist nicht so einfach: André Breton hat Ilja Ehrenburg soeben auf offener Straße eine schallende Ohrfeige verpasst – angeblich habe Ehrenburg sich abfällig über die Surrealisten geäußert. Der derart gekränkte Schriftsteller aus der Sowjetunion verlangt also, dass man Breton das Rederecht entzieht. Crevel, der gemeinsam mit Ehrenburg im Organisationskomitee für den Schriftstellerkongreß sitzt, versucht, zwischen beiden zu vermitteln, doch der Graben zwischen beiden Seiten ist zu tief. Weder Ehrenburg noch Breton sind Charaktere, die sich leicht zum Einlenken bewegen lassen. André Breton: »Auf Crevels ausdrücklichen Wunsch hin wurde bewilligt, dass meine Rede von Paul Éluard verlesen wurde, doch das Wort wurde ihm erst nach Mitternacht erteilt, als sich der Saal zu leeren begann und man nach und nach die Lichter löschte.«[78] René Crevel, der Rebell im Namen der gerechten Sache, ist also gescheitert.

Nur drei Monate zuvor, im März 1935, kommt Crevel von seinem letzten Aufenthalt in Davos als endlich Geheilter nach Paris zurück. Das glaubt er zumindest. »Das Bett, Fieberschiff, ist gekentert.«[79] Die Tuberkulose hat bei ihm jedoch längst auch auf die Nieren übergegriffen. Crevel, körperlich zerschlagen und erschüttert durch die Ereignisse in Europa, enttäuscht über die Uneinigkeit der Intellektuellen in Paris, gebeutelt an Leib und Seele, nimmt sich mit vierunddreißig Jahren das Leben.

»Junger Dichter in grauen Flanellhosen und blauem Hemd mit rostroter Krawatte auf einem Hotelbett sitzend, den Kopf über das Manuskript geneigt: So«, schreibt Klaus Mann, »bewahre ich mir sein Bild.«[80]

»›Er war der Beste‹, sagte Mopsa immer wieder. ›Er war der Beste von allen.‹ Kummer und Hitze wirkten zusammen, die Tusche auf ihren Augenwimpern zum Zerfließen zu bringen. Das schwarze Zeug rann ihr in kleinen Bächen über die Wangen. Es war, als ob sie schwarze Tränen weinte um den lieben Freund.«[81]

Klabund
Ein kerngesunder Moribunder

Klabund (1890–1928).

Alfred Henschke, geboren am 4. November 1890 im Städtchen Crossen an der Oder, dem heutigen polnischen Krosno Odrzanskie, hatte seinen *nom de plume* aus den Wörtern ›Klabautermann‹ und ›Vagabund‹ amalgamiert. Unter dem Autorennamen Klabund trat der Dreiundzwanzigjährige 1913 mit dem Gedichtband *Morgenrot! Klabund! Die Tage dämmern!* fulminant in Erscheinung. Mit abgründig-frechen Vaganten-Gedichten stand Klabund in der Tradition eines François Villon, literarisch ist er ein Verwandter von Frank Wedekind, steht in der Nähe von Christian Morgenstern, Joachim Ringelnatz. Seine balladesken Gedichte wurden bereits ein Jahr zuvor in der vom allseits gefürchteten Literaturkritiker Alfred Kerr herausgegebenen Zeitschrift *Pan* veröffentlicht – und ein Prozess wegen angeblicher Verbreitung unzüchtiger Schriften folgte auf dem Fuße. In Abwesenheit – wo ist Klabund? im Sanatorium! – wird er zu fünfzig Reichsmark Strafe verurteilt. Dies war zu jener Zeit, zu der Klabund gemeinsam mit der Dada-Künstlerin Emmy Ball-Hennings auf der Bühne der Münchner Künstlerkneipe Simplicissimus auftrat. »Vor dem Krieg war es. Wir waren alle noch so jung, schritten aufrecht, lachten leicht, dachten schwer. … Wir schwelten nicht, wir brannten, wir liefen nicht, wir rannten.«[82]

Als Klabund sich 1914 als Kriegsfreiwilliger meldet und aus gesundheitlichen Gründen abgewiesen wird, ist er – wie sein Freund, der Dadaist Hugo Ball, und wie so viele junge Männer im irrwitzigen Gauben an die reinigende Kraft des Krieges – ein zutiefst enttäuschter Patriot. Grund für die Ausmusterung des schmächtigen jungen Mannes ist ein zäher, beständiger Husten, der ihn schon längere Zeit belästigt und zu Erholungsaufenthalten am Genfer See oder in Bad Reichenhall gezwungen hat. Die niederschmetternde Diagnose lautet schließlich: Lungentuberkulose. Eine geschlossene Tuberkulose zwar – doch das Leben von Alfred Henschke alias Klabund wird bis zu seinem Ende gezeichnet sein von der Lungenkrankheit, die den selbsternannten Vagabunden fortan zwischen den Städten München, Berlin, Breslau und verschiedenen Luftkurorten in Deutschland, Italien und der Schweiz irrlichtern lässt.

Während der Erste Weltkrieg sich in die Länge zieht und mehr und mehr Opfer fordert, begnügt sich der verhinderte Kämpfer mit Übersetzungen chinesischer Kriegslyrik. Er lanciert einige patriotische Artikel in verschiedenen Zeitschriften, schreibt den Soldatenroman *Moreau,* doch in den Schweizer Bergen, von seiner hohen Warte aus, verändert sich seine Perspektive auf das Kriegsgeschehen. Was fern von ihm unten im Tal geschieht, ist durchaus kein Segen fürs Vaterland, keine sittliche Reinigung, sondern sinnloses Blutvergießen. Der Patriot, der von Davos aus das Zürcher Cabaret Voltaire besucht und die alles Gültige verneinenden Zürcher Dadaisten um Tristan Tzara kennengelernt hat, mutiert zum Pazifisten. Klabunds Schlachtfeld ist nicht an der Somme, er kämpft den Kampf gegen die fortschreitende Krankheit. Er unterzieht sich ärztlicher Behandlung und verschreibt sich selbst der probatesten Therapie: Arbeit. Ablenkung. Dichten.

Die Pension Stolzenfels im schweizerischen Davos wird bald zu Klabunds zweitem Zuhause. Mit dem Ehepaar Poeschel, dem die Pension gehört, entsteht im Laufe der Jahre eine recht enge Freundschaft. Erwin Poeschel war ein äußerst bibliophiler Mensch und widmete sich verschiedenen kunsthistorischen Themen des Kantons Graubünden; in dem regelmäßig wiederkehrenden Literaten fand er einen adäquaten Gesprächspartner. In einer Erzählung mit dem Titel *Die Krankheit* hat Kla-

Die Pension Stolzenfels in Davos.

bund den ›Herbergseltern‹ als ›Pneumo und Thorax‹ ein literarisches Denkmal gesetzt. Die erste Reise nach Davos tritt der Dichter im Frühjahr 1916 an. Die besondere Atmosphäre, die er in diesem Grenzland zwischen Krankheit und Gesundung antrifft, beflügelt seine Arbeit durchaus. Zwischen mondän und morbide, zwischen labil und lüstern – die Tuberkulosekranken empfinden ihren Zustand als Leben in Endzeitstimmung. Der Held seiner Erzählung *Die Krankheit* sinniert:

> »Früher ist doch hier überall Meer gewesen. Eigentlich wandeln wir auf dem Grund des Meeres. Davos ist Vineta, die verzauberte Stadt. Wir sind längst ertrunken, aber wir wandeln noch, als lebten wir, mit Perlen und goldenen Ketten behängt, über dem Meergrund.«[83]

Davos, ein verwunschener, irrealer Ort; andererseits schreibt Klabund an Hermann Hesse, in Davos sei noch Leben, Da-Sein und Wahrhaftigkeit gegenüber einem Deutschland, das ihn an mittelalterliche Höllenbilder erinnere und in dem Hunger, Verzweiflung und Mißtrauen herrschten.[84]

Zwischen mondän und morbide – die Tonlage seiner Gedichte, die in jenen Tagen entstehen, ist ein Echo auf die Gesellschaft, die er hier oben antrifft.

DAVOSER BAR

Die rosa Sängerin mit jenem Juden,
Der achtungsheischend ein Monokel trägt,
Fühlt sich vom Lärm der laubenbunten Buden
Ersichtlich auf- und ab- und angeregt.

Er dreht mit ihr sich rund im Karusselle,
Er lüftet ihr den gelbpunktierten Sekt,
Indem die oberitalienische Kapelle
Sich selbst und andre mit Musik befleckt.

Ein Herr tanzt exaltiert wie ein Tuberkel,
des Frackes Schöße zwitschern vogelgleich.
Die rosa Sängerin hält fürstlich Cercle
Ein Oberleutnant pokert schreckensbleich.

Ein Jüngling träumt von einer fernsten Ferne.
Aus seiner ausgeschnittenen Weste stiert
Die Höhlung einer riesigen Kaverne,
In der die Nacht wie eine Palme friert.[85]

Es klingt paradox: In der von Bergen umschlossenen Enklave der Lungenleidenden gibt es die Liebe noch – wenn auch um den Preis des überall lauernden Todes. Seine Allgegenwart führt zu einem gesteigerten Bewusstsein für die pralle Gegenwart. Die sterbenskranke Patientin in Klabunds Erzählung erhebt trotzig Anspruch auf einen Kuss, allein, es könnte der letzte sein. Um es mit einem anderen Dichter zu sagen, einem Freund Klabunds aus Schulzeiten in Frankfurt an der Oder, nämlich Gottfried Benn: Sie will noch einmal ›vor Vergängnis blüh'n.‹ Unfreiwillig wird der Tuberkulosekranke zu einem Verfechter antibürgerlicher Lebensweise. Moralische Bedenken werden über den Haufen geworfen – was hat man noch zu verlieren? Der Todgeweihte folgt schamlos seinem Trieb. Was kümmern ihn noch guter Ruf und Konventionen?

Das versunkene Davos hoch in den Bergen ist gleichsam letztes Reservat für Menschen, die im Tale lebensuntüchtig, unzeitgemäß, überfällig wären, so wie das selbsternannte Allroundgenie Alfons Pein aus Klabunds Sanatoriums-Erzählung:

> »Pein hatte eine vorzügliche Kur gemacht und war eigentlich schon seit fünf Jahren gesund. Er hätte, ohne Schaden an seiner fanatisch behüteten neu errungenen Gesundheit zu nehmen, ins Tiefland zurückkehren können. Aber er fühlte wohl, dass er nur hier oben noch eine Rolle spielte, wo er, von den Kurgästen interessiert

beobachtet, von den Kellnerinnen belächelt, im Kurhauscafé an seinem Stammplatz Hunderte von kleinen blauen Oktavheftchen mit schlechten Versen und verwirrter Prosa versah. ›Ich bin nun mal an Höhenluft gewöhnt‹, schnaubte er und in seine Augen trat ein leerer, kindlicher Glanz.«[86]

Im Übrigen erging es Klabund nicht anders als Thomas Mann in Sachen *Zauberberg:* Im August 1916, im Vorfeld des Erscheinens von *Die Krankheit,* äußerte er gegenüber Poeschel die Befürchtung, das laienhafte und

Klabunds Davos-Erzählung
Die Krankheit.

Eine Dada-Collage als Einladung zu Bazillenwalzer und Fiebertango – Kalbund initiierte Maskenbälle im Sanatorium.

hysterische Publikum von Davos könne die Beziehungen zwischen Stoff und Dichtung, Literatur und Leben nicht richtig lesen. »Man wird beides verwechseln. Nun: ich sehe den Davoser Folgen gefaßt entgegen.«[87]

Klabund führt mit dadaistisch anmutenden Einladungen und Ankündigungen die Lustbarkeiten, die den Kurgästen geboten werden, ins Absurde. Mit Galgenhumor annonciert er den ›Bazillenwalzer‹ ebenso wie die ›Temperaturenpolka› und den ›Fiebertango mit Tangofieber‹, dann ein Sackhüpfen, dessen Gewinner als ersten Preis ein Thermometer erhält, ebenso einen Chor, der den ›allgemeinen Rippenresektionsgesang‹ anstimmen wird. Zugelassen sind dabei ausschließlich jene Damen und Herren, bei denen auch wirklich Tuberkelbazillen nachgewiesen worden sind, mit denen – wie mit Spielgeld – denn auch der Eintritt zu diesem Spektakel bezahlt werden soll. Das klingt nach Tanz auf dem Vulkan, und tatsächlich kippt die Stimmung zuweilen um, dem Höhenkoller geschuldet oder dem fröhlichen Tête-à-tête von Geschöpfen, die glauben oder in der Gewißheit leben, nicht mehr allzuviel zu verlieren zu haben. »Tb ist eine Krankheit der Zeit; sie beschleunigt das Leben, erfüllt es mit Höhepunkten, vergeistigt es.«[88] Und in einer Sphäre, in der Krankheit und Tod allgegenwärtig ist, lässt sich das Leben vielleicht nur symbolisch meistern, in der Kunst, im Gedicht.

SCHWINDSÜCHTIGE

Sie müssen ruh'n und ruh'n und wieder ru'hn.
Teils auf den patentierten Liegestühlen
Sieht man in Wolle sie und Wut sich wühlen,
Teils haben sie im Bette Kur zu tun.

Nur mittags hocken krötig sie bei Tisch
Und schlingen Speisen, fett und süß und zahlreich.
Auf einmal klingt ein Frauenlachen, qualreich,
Wie eine Äolsharfe zauberisch.

Vielleicht, dass einer dann zum Gehn sich wendet
– Er ist am nächsten Tage nicht mehr da –
Und seine Stumpfheit mit dem Browning endet.

Ein andrer macht sich dick und rund und rot.
Die Ärzte wiehern stolz: Halleluja!
Er ward gesund (… und ward ein Halbidiot).[89]

Die ausgelassene Feierstimmung auf dem Zauberberg entspringt vor allem einer Untergangsmentalität in einem Zwischenreich. Und: »Wenn wir schon untergehen, so wollen wir diesen Untergang spielend und tanzend und singend erleben.«[90] Klabund schreibt an einen Freund von einer flüchtigen Frauengeschichte: »Ich habe fünf glücklich-unglückliche Tage hier in Zürich verlebt mit einer Davoser Freundin.«[91]

Immer wieder thematisiert er seinen Aufenthaltsort in Versen:

SANATORIUM

Die Spatzen singen und der Westwind schreit
Sacht umarmend rollt der Regen seine Spule.
Der weiße Himmel blendet wie verbleit,
Verrostet krümmt er sich im Liegestuhle.

Auf der Veranda. Neben ihm zwei Huren
Aus der Gesellschaft, syphilitisch eitel
Sie streichen zärtlich seinen Schuppenscheitel
Und sprechen von Chinin und Liegekuren.

In ihren grau verhängten Blicken duckt er
Der Morphiumteufel hinter Irismasche.
Er hüstelt, hustet, und zuweilen spuckt er
Den gelben Auswurf in die blaue Flasche.

Sie schenken ihm freundschaftlich Angebinde
Als er zum ersten Male in den Garten stieg,
Je eine Liebesnacht – als drüben in der Linde
Der Kuckuck einmal rief (für alle drei) – und schwieg.[92]

Das Jahr 1916 beschert dem kranken Dichter einen neuerlichen Aufenthalt in Davos. Wie ein Rasender schreibt er weiter, meistens im Liegen an der frischen

Klabund und seine Frau Brunhilde Heberle.

Luft, ein wärmendes Plaid über den Knien, Papier und Stift auf dem Plaid. Doch diesmal wird er von seiner Arbeit auf das Angenehmste abgehalten: Eine Patientin in der Pension Stolzenfels fällt ihm ganz besonders ins Auge, Brunhilde Heberle aus Passau. Sie ist zwanzig Jahre jung, die angehende Pianistin spielt mit Leidenschaft Klavier, am liebsten Chopin – auch dieser ja ein Leidensgenosse! Die zarte blonde Frau leidet an einer Kehlkopftuberkulose, die ihre brüchige Stimme zeitweilig gänzlich zum Verstummen bringt. Und Klabund wäre wohl kein Dichter, würde er seiner Liebe nicht sogleich auch einen Platz in seinen Versen einräumen.

Die blonde Brunhilde wird die Irene seiner Liebesgedichte, Irene, seine Friedensgöttin in Zeiten des Krieges, an dessen Sinn Klabund schon längst nicht mehr glaubt, sie ist die Irene seines inneren Friedens. 1918 erscheinen *Die kleinen Verse für Irene,* ein Gedichtband, in dem das Sanatorium als der Ort ihrer ersten Begegnung auch wieder Raum einnimmt:

Man erwacht im Sanatorium
Eimer klirrt, es klatscht der Besen.
Heiliger wie ein Oratorium
Tönt der Tag: geweint … gewesen …

Gültig gehen des Arztes Schritte,
Eine Schwester hüpft daneben.
Aus der Finsternisse Mitte
Schlägt ein Uhrenschlag ins Leben.

Emsig schon an der Tabelle
Träumt ein Assistent bedeutend.
Und ich ziehe an der Schelle,
Tee und Tag zum Bette läutend.[93]

Klabund und Brunhilde Heberle gehen am 8. Juni 1918 in Locarno-Monti die Ehe ein. Dort kommt es zu einer Begegnung zwischen zwei Schriftstellern: Klabund begegnet Hermann Hesse, der auf langen Wanderungen im Tessin seiner schweren Depression

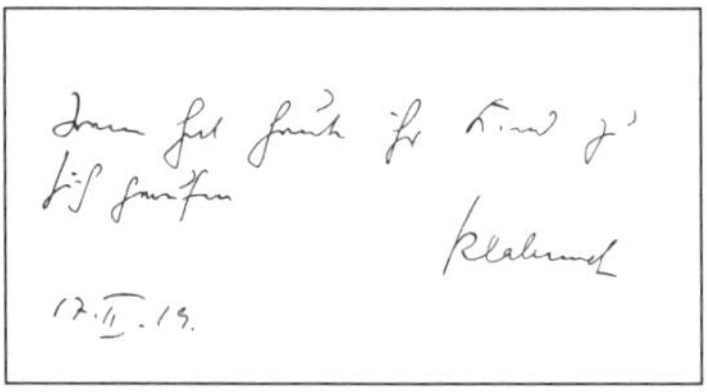

Klabunds Mitteilung vom Tode seines Kindes: »Irene hat heute ihr Kind zu sich genommen Klabund 17.II.19«

zu entfliehen versucht. Hesse reiste in den Zwanzigerjahren regelmäßig nach Davos, um dort Lesungen abzuhalten. Bei diesen Gelegenheiten traf er immer wieder auf Klabund. Und die Sorge um ihn wird bis zu dessen Tod 1928 im Briefwechsel Hesses mit den Balls thematisiert.[94]

Bereits im Oktober 1918 kommt Brunhilde mit einem Mädchen nieder, es ist ein Siebenmonatskind. Die Kaiserschnittgeburt erweist sich als äußerst kompliziert, die ohnehin angeschlagene junge Mutter überlebt den Eingriff nicht. Sie stirbt am 30. Oktober; vier Monate darauf, am 17. Februar 1917, folgt ihr das Kind in den Tod. Der doppelte Verlust stürzt den alleine Zurückgebliebenen in eine tiefe Depression. Der Zauber des Beginnens war noch nicht verflogen, da entreißt ihm das Schicksal eine Liebe, die noch ganz von romantischer Zukunftsgewissheit getragen war. Der doppelte Verlust wiegt schwer: Klabund ist für mehrere Jahre kaum in der Lage, sich in der Öffentlichkeit zu bewegen. 1923 schreibt Hugo Ball an Hermann Hesse:

> »Was ist wohl aus Klabund geworden? Ich freute mich sehr mit Ihren Grüßen, schrieb ihm auch gleich, aber ich hörte nun nichts mehr von ihm.

> Hoffentlich ist er nicht so krank, daß ihn dies am Schreiben verhindert. Dann mags gut sein.«[95]

Klabund plagt sich mit tiefen Schuldvorwürfen und prangert sich an, Frau und Kind gemordet zu haben. Wiederum in Gedichten, in denen die Verstorbene seine ›mater dolorosa‹ ist, findet sein schwarzer Gemütszustand seinen Niederschlag. Er klagt sich seiner Untreue an, seiner Wollust, seines Jähzorns, mit dem er sie ins Grab gebracht habe.

Dann, Mitte der Zwanzigerjahre, Irene lebt in seinen Gedichten fort, hat der Dichter sich jedoch wieder einigermaßen gefangen und besinnt sich auf jenes kurze Leben, in dem er noch so viel unterbringen möchte, Liebe, Abenteuer – teilnehmen! Klabund eilt seit je ein einschlägiger Ruf voraus: Als Frauenheld ist er – ›Ich liebe sie alle, alle‹ – bekannt. Einst schrieb er einem Freund aus Bad Reichenhall:

> »Ich gehe hier eifrig meiner Kur nach, (wenn nur die Mädchen nicht wären! Die verderben einem die ganze Diät): Inhalationen, Luft- und Solebäder, Massage, Trink-, Liegekur von früh sieben (es ist scheußlich früh) bis abends neun.«[96]

Die Ärzte ermahnen ihn immer wieder: Ein ruhigerer, stetiger Lebenswandel könnte die Krankheit vielleicht zum Stillstand bringen. Doch gerade ein ruhiger und stetiger Lebenswandel ist Klabunds Sache nicht. Er stürzt sich nach wie vor in Affären. Er treibt sich in Künstlerkneipen herum, wo er neuerliche Inspiration

Klabund in Davos, 1924.

für seine Bänkelverse findet. »Leben, leben und zum dritten Male: leben. Das ist die Hauptsache.«[97] Was Klabunds »spezifischen und einzigartigen Reiz ausmachte«, so Klaus Mann,

> »war eben seine Krankheit, oder vielmehr: sein unnatürlich intensiver, überspannter Lebenswille, der ständig, unaufhörlich über diese Krankheit triumphierte. … Die Energie, mit der er sich am Leben erhielt, hatte etwas Knabenhaftes, Elastisches, Übersteigertes. Übrigens auch die Bitterkeit, mit der er das Leben verhöhnte, an das er sich mit allen Kräften klammerte. So schimpfen Knaben über die Welt, nur weil sie sie zu maßlos lieben. – Klabund, der oft recht pessimistisch schien, war im Grunde seines Wesens glühender Optimist, unbedingter Jasager.«[98]

Im Sommer 1924 kommt es zur folgenreichen Begegnung mit der Schauspielerin Carola Neher – in einer Münchner Straßenbahnlinie. Klaus Mann schreibt:

> »Mit Carola Neher ihn zu beobachten war beinahe beunruhigend, so sehr liebte er sie. Ich vergesse nie den werbenden, gedämpften, zarten Ton, den seine Stimme, sprach er zu ihr, hatte. ich weiß noch, dass ich mit den beiden zusammen war in einer kleinen Münchner Bar, die Neher hatte vorher irgendeine Posse gespielt. Sie

war kapriziös und mochte nicht essen; ich sehe Klabund, als sei es heute, wie er sich zu ihr neigte und besorgt scherzte: ›Ich als dein Manager muß unbedingt darauf bestehen, dass du eine Kleinigkeit nimmst.‹ Ich glaube, sie bestellte trotzdem nichts.«[99]

Am 5. Mai 1925 feiert das Paar Hochzeit. Klabund, der unbedingte Jasager, sagt auch zum zweiten Mal Ja zur Ehe.

Doch Davos läßt Klabund nicht los, oder besser: Die Krankheit hält ihm gnadenlos die Treue, und so muss er immer wieder zurück in den Ort in den Graubündner Alpen. Das noch junge Jahr 1927 sieht ihn wieder in der Pension Stolzenfels. Während er sich den nämlichen Liegekuren hingibt und dabei so besessen schreibt wie ehedem, erlernt seine energische zweite Ehefrau in Berlin das Steuern eines Automobils – zu Klabunds ganzem Entsetzen. »Sie fährt jetzt jeden Tag wie irrsinnig in Berlin herum – natürlich im tollsten Verkehr, Friedrichstraße, Alexander-, Potsdamer Platz. Sie will sich ein Auto kaufen und damit nach Wien fahren! Sicher wird sie mich in einer Eifersuchtsszene absichtlich gegen einen Baum fahren. Mein Leben ruht künftig wirklich ausschließlich in Gottes Hand.«[100]

Die gefragte Theaterschauspielerin hält ihren Gatten auf Trab – man fragt sich, wie der labile Dichter da mithalten kann – und aus seinen Zeilen spricht tatsächlich die Angst, dass sie ihm buchstäblich davoneilen könnte. »Klabund ... möchte kommen«, schreibt Emmy Ball-Hennings in einem Brief an Hermann Hesse, »aber er hat eine Frau, und das ist nicht einfach. Er aber ist ein ganz wunderbarer lieber Mensch, wir haben gesprochen miteinander.«[101] Die Neher ist jedenfalls wild entschlossen, keine der sich bietenden Karrierechancen auszulassen. Die Rücksicht auf ihren angeschlagenen Ehemann ist da sekundär. Sie ist ein aufstrebender Star in einem Deutschland der Weimarer Republik, wo das Theater gerade ein großes Kapitel seiner Geschichte schreibt, Max Reinhardt, Erwin Piscator oder Bertolt Brecht eine denkwürdige Inszenierung nach der anderen auf die Bühne bringen, Schauspieler und Schauspielerinnen wie Elisabeth Bergner und Lotte Lenya, O. E. Hasse oder Gustaf Gründgens an ihren Legenden stricken. Klabund ist viel allein, während seine Frau probt, bleibt er ohne sie in Hotelzimmern in den verschiedenen Städten zurück, in denen sie Gastspielen nachgeht. Das tut ihm nicht gut, und fraglich ist auch, ob die ständige Rückkehr nach Davos, die auch eine ständige Wiederbegegnung mit der Erinnerung an Brunhilde-Irene ist, zu einer Verbesserung seines Gesundheitszustandes angetan ist.

Klabund wird, umso erstaunlicher bei der Kürze seines umtriebigen Lebens, ein höchst umfangreiches

Klabund und Carola Neher, Wien 1927.

Werk hinterlassen. Klabund, eine Kerze, die lichterloh an beiden Enden brennt. Moribund – gesund, Klabund erlebt sich in einem Doppelleben:

> »Wir sind ein eigenes Volk, wir Kranken. ... Auf der einen Seite nimmt zwar die Krankheit erheblichen Raum ein; aber sie ist nur ›notiert‹, zur Kenntnis genommen.«[102]

Wie ein Webschiffchen schnurrt er zwischen Kurort und Metropole hin und her, zwischen der verordneten Ruhe im Liegestuhl und der Raserei durch das großstädtische Künstlermilieu, in dem eine ästhetische Novität nach der anderen ausgerufen wird.

Im Oktober 1927 muss Klabund seinen Vermietern, den Besitzern der Pension Stolzenfels, absagen. Zwar müsste er dringend wieder zur Erholung in die Davoser Berge, allein, er ist nicht reisefähig.

> » … es scheint, dass mein Versuch, nach Davos zu kommen, mit Geißeln und Ruten an mir gerächt werden soll. Nachdem ich Ihnen telegraphiert hatte, dass ich am 30. kommen wollte, bekam ich am 26. eine Blutung, die allerdings so aussah, dass ich am 2. hätte fahren können. Vorgestern bin ich schon wieder ganz munter – da bekam ich in der Nacht plötzlich eine zweite Blutung, die aber weniger nett aussah als die erste.«[103]

Klabund neigt noch immer dazu, seinen Gesundheitszustand auf die leichte Schulter zu nehmen und beliebt darüber zu scherzen – jedenfalls anderen gegenüber.

> »Ich liege (ein wenig) auf der Nase. Kriege plötzlich Temperaturen. Sehr hohe sogar, bis zu 39,8. Für einen relativ gesunden Menschen ist das zu viel. – Aber es geht schon wieder aufwärts (mit den Temperaturen) … Ich fahre in drei Wochen nach Brioni.«[104]

So klingt es, wenn sich Klabund seinem Davoser Freund und Vermieter Poeschel anvertraut.

Im folgenden Jahr geht es mit Klabunds Gesundheit rapide bergab. Er begleitet seine Frau zwar auf Gastspielreisen, doch eine reine Freude ist es für ihn nicht, und für sie ist das Miteinander zu einer Zerreißprobe geworden. Es geht um ein beständiges Ringen um die Aufrechterhaltung eines Normalzustandes, obgleich beide doch wissen, dass ein Leben zu zweit unter den gegebenen Umständen nicht länger durchzuhalten ist. Hier die Karriere, dort die Krankheit – hier Aufbau, dort Verfall. Beide schreiten voran, in entgegengesetzte Richtungen. Als Klabund schließlich wieder nach Davos muss – der Arzt hat erneut eine Lungenentzündung bei ihm diagnostiziert –, ist er jedoch nicht in der Lage, die Reise alleine anzutreten. Nein, Carola Neher kommt nicht mit, sie kommt einem Engagement nach, und so begleitet eine Krankenschwester den Moribunden nach Graubünden. Doch es wäre ungerecht, Carola Neher nur als die eiskalte Karrierefrau zu sehen. Schließlich verdient sie mit ihrer Kunst das Geld – und macht sich große Sorgen. An die Pensionsbesitzerin von Stolzenfels schreibt sie:

> »Ich würde am liebsten mitkommen, aber es ist gut für ihn, wenn er eine Zeitlang allein ist und lebt, wie er will, und ohne mich, denn diese Ehe ist für ihn sicher ebenso anstrengend gewesen, als für mich, nur sagt er es nicht. Ich werde ihn dann nach einiger Zeit besuchen.«[105]

Carola Neher schreibt, vielleicht ohne es zu wollen, bereits in der Vergangenheitsform: Am Morgen des 14. August 1928, in seinem achtunddreißigsten Lebensjahr, stirbt Alfred Henschke alias Klabund. Vierzehn

Tage zuvor hat er in einer Vorahnung noch seine Eltern alarmiert: Ob sie denn Zeit hätten zu kommen. Eine solche Bitte hat er zuvor noch nie geäußert – und die Eltern machen sich sogleich auf den weiten Weg aus der Mark Brandenburg in die Schweiz. Sie treffen jedoch ein paar Stunden zu spät ein, um ihren Sohn noch lebend zu sehen. Nach ein paar Tagen wird der Leichnam des Dichters in Davos eingeäschert und die Urne in seinen Heimatort Crossen überführt. »Er, dessen Asche in dieser Urne ruht«, sprach Gottfried Benn bei der Begräbnisfeier, »hatte das Fragwürdige und das Vage des Gesandten. Keine Sicherheit, keine Beweisbarkeit der Existenz.«[106] Aber ja doch: die seiner Gedichte und Geschichten, entstanden jenseits einer Welt der Nützlichkeit, zu großen Teilen in den Schweizer Alpen, Graubünden, Davos.

Klaus Mann veröffentlichte einen sehr persönlichen Nachruf, *Klabund ist tot.* Darin erinnert er sich an Klabunds Vortragsweise:

> »Seine heisere und reduzierte Stimme hatte, wenn sie vom Podium sprach, unvergeßliche Intensität; freilich war sie überspannt, wie eine Saite, die bald reißen muß. … Damals ging ich viel mit ihm spazieren in Davos. … Damals erzählte er mir auch zufällig, daß er noch niemals in Paris gewesen sei, worüber ich mitleidiges Erstaunen zeigte. Er versicherte mir, er plane die Reise für

die nächsten Wochen, habe sie schon lange geplant, und nun, da es ihm besser ginge, hindere ihn nichts mehr. –

Es ist doch nicht mehr zu dieser Reise gekommen.

Wenn etwas zu Tränen rühren kann, dann sind es solche Erinnerungen.«[107]

Anmerkungen

1 Frisch, Stiller, S.113.
2 Mann, T., Der Zauberberg, S.VII.
3 Klabund in: Raabe, S.69.
4 Mann, T., Der Zauberberg, S.10.
5 Frisch, Stiller, S.143.
6 Schwarberg, S.75.
7 Mann, T., Erzählungen, S.163.
8 Mann, Katia, S.78.
9 ebda., S.78.
10 ebda., S.81.
11 Hesse nach: Wanner, S.492.
12 Mann, Katia, S.85.
13 Mann, T., Der Zauberberg, S. 48.
14 Schwarberg, S.14.
15 ebda., S.14.
16 Klabund in: Raabe, S.41.
17 Mann, T., Der Zauberberg, S.VII.
18 Heller, S.195.
19 Mendelssohn, Peter de, S.62.
20 Thomas Mann nach: Mendelssohn, S.71.
21 ebda., S.75.
22 ebda., S.87.
23 ebda., S.89.
24 ebda., S.93-94.
25 Soupault, S.130, übersetzt von Unda Hörner.
26 Mann, Klaus, Der Wendepunkt, S.172 f.
27 ebda., S.173.
28 ebda., S.162.
29 Mann, Katia, S.85.
30 Éluard, Brief an die Eltern aus Clavadel, 1913, in: Valette, S.12.
31 Gateau, S.29.
32 ebda.
33 Éluard, Paul. 1954. Œuvres Complétes, S.XVI.
34 zit.nach: Mc Girk, S.39.
35 Éluard, Poésie, S.21.

36 Éluard, Paul, S.XVII.
37 ebda., S.749.
38 Éluard nach: Gateau, S.56.
39 Éluard, Poésies, S.14.
40 Éluard, Poésie, S.20.
41 Gateau, S.100.
42 Éluard, Liebesbriefe, S.74. Juni 1929.
43 Goll, S.142.
44 Éluard, Liebesbriefe, S.37, April 1928.
45 ebda., S.31, März 1928.
46 ebda., S.40, Mai 1928.
47 ebda., S.42, Juni 1928.
48 Dali, Salvador, S.114.
49 ebda., S.115.
50 ebda., S.122.
51 Éluard, Liebesbriefe, S.132f. Februar 1931.
52 ebda., S.233, 30. Juli 1934.
53 ebda., S.105, 27. April 1930.
54 ebda., S.100, April 1930.
55 ebda., S.251, April 1936.
56 ebda., S.298, 25. November 1946.
57 ebda., S.58, 30. März 1929.
58 Crevel, Lettres à Mopsa, S.44.
59 ebda., S.47.
60 Crevel, Seid ihr verrückt?, S.23.
61 Mann, Klaus, Der Wendepunkt, S.168.
62 Soupault, S.28.
63 Crevel, Lettres à Mopsa, S.52.
64 Mann, Klaus, Briefe und Antworten, S.38. 11. August 1926.
65 Crevel, Lettres à Mopsa, S.57.
66 Crevel, Seid ihr verrückt?, S.30f.
67 ebda., S.71.
68 ebda.
69 ebda., S.80.
70 ebda., S.81.
71 Crevel nach: Wanner, S.344.
72 ebda., S.345f.
73 Mann, Klaus, Der Wendepunkt, S.168.
74 Crevel, Lettres à Mopsa, S.119.
75 Mann, Klaus, Der Wendepunkt, S.170.

76 Crevel, Lettres à Mopsa, S.145.
77 ebda., S.147.
78 Breton, S.211.
79 Crevel, Seid ihr verrückt ?, S.147.
80 Mann, Klaus, Der Wendepunkt, S.169.
81 ebda., S.340.
82 Klabund in einem undatierten, nicht lokalisierten Zeitungsausschnitt, zit. nach: Reetz, Briefwechsel, S.136.
83 Klabund in: Raabe, S.56.
84 ebda., S.129.
85 ebda., S.
86 ebda., S.44.
87 ebda., S.80.
88 Sontag, S.17.
89 Klabund in: Raabe, S.
90 Klabund nach: Wegener, S.61.
91 ebda.
92 Klabund in: Raabe, S.
93 ebda., S.
94 Vgl. Reetz, Briefwechsel, S.112.
95 ebda., S.192.
96 Klabund nach: Wegener, S.48.
97 Klabund nach: Serke, S.163.
98 Mann, Klaus, Die neuen Eltern, S.179.
99 ebda., S.182.
100 Klabund nach: Wegener, S.131.
101 Reetz, Briefwechsel, S.425.
102 Klabund nach: Wegener, S.141.
103 ebda., S.141.
104 ebda., S.150.
105 ebda., S.149.
106 Benn in: Raabe, S.224.
107 Mann, Klaus, Die neuen Eltern, S.182.

Bildnachweis

Archiv Akademie der Künste, Berlin: S.116.
Deutsches Literaturarchiv, Marbach: S.100.
Dokumentationsbibliothek, Davos: S.12.
Éditions Grasset & Fasquelle, Paris: S.75, 78, 92, 94.
Éditions Juillard, Paris: S.64, 71.
ETH, Thomas-Mann-Archiv, Zürich: S.35, 43
Guido von Kaulla , Konstanz : S.97, 108, 112.
Herzog August Bibliothek, Wolfenbüttel: S.103.
Martin Peer, Zürich
Raymond Jean, Paris: S.70.
Rasch und Röhring, Hamburg: S.15, 16, 23, 26, 28, 44.
Seuil, Paris: S.54.
Staatsarchiv Graubünden. Nachlass Erwin Poeschel, Chur : S.110.
Tchou Èditeur, Paris: S.49, 51, 55, 63, 68.
Ullstein Bilderdienst, Berlin: S.104.
Zentralbibliothek Zürich, Graphische Sammlung, Zürich: S.8.

ZUM NACHSCHLAGEN UND WEITERLESEN

Breton, André: *Entretiens – Gespräche. Dada, Surrealismus, Politik.* Hg.: Unda Hörner und Wolfram Kiepe. Amsterdam: Verlag der Kunst. 1996.

Buchholz, Kai u. a. (Hg.): *Die Lebensreform. Entwürfe zur Neugestaltung von Leben und Kunst um 1900.* Darmstadt: Verlag Häusser. 2001.

Buot, François: *René Crevel.* Paris: Grasset. 1991.

Carassou, Michel: *René Crevel.* Paris: Fayard. 1989.

Crevel, René: *Lettres à Mopsa.* Hg.: Michel Carassou. Paris: Éditions Paris-Méditerranée. 1997.

Crevel, René: *Mein Körper und ich.* Wien und Zürich: Europa-Verlag. 1992.

Crevel, René: *Seid ihr verrückt?* Frankfurt am Main: Suhrkamp. 1991.

Crevel, René: *Der schwierige Tod.* Frankfurt am Main: Suhrkamp. 1991.

Dalí, Salvador: *So wird man Dalí.* München: Moewig. 1981.

Dülmen, Richard van (Hg.): *Erfindung des Menschen. Schöpfungsträume und Körperbilder 1500 – 2000.* Wien, Köln und Weimar: Böhlau. 1998.

Éluard, Paul: *Liebesbriefe an Gala.* Hg.: Pierre Dreyfus. München : dtv. 1984.

Éluard, Paul: *Poésies 1913 – 1926.* Paris: Gallimard. 1968.

Éluard, Paul: *Œuvres Complètes.* Paris: Gallimard. 1954.

Frisch, Max: *Stiller.* Frankfurt am Main: Suhrkamp. 1973.

Gateau, Jean-Charles: *Paul Éluard ou Le frère voyant. 1895 – 1952.* Paris: Robert Laffont. 1988.

Goll, Claire: *Ich verzeihe keinem.* Berlin: Rütten & Loening. 1987.

Gonzales, Sylvie (Hg.): *Paul, Max et les autres. Paul Éluard et les surréalistes.* Paris/Saint-Denis: Éditions d'Albaron. 1993.

Heller, Erich: *Thomas Mann. Der ironische Deutsche.* Frankfurt am Main: Suhrkamp. 1976.

Heyer, G. R.: *Menschen in Not.* Band 2. Stuttgart: Hippokrates-Verlag Marquardt & Cie. 1951.

Hesse, Hermann: *Kurgast.* Frankfurt am Main: Suhrkamp. 1977.

Hörner, Unda: *Die realen Frauen der Surrealisten.* Frankfurt am Main: Suhrkamp. 1998.

Hörner, Unda: *Im Dreieck. Liebesbeziehungen von Nietzsche bis Duras.* Frankfurt am Main: Suhrkamp. 1999.
Jean, Raymond: *Éluard.* Paris: Seuil. 1968.
Kaulla, Guido von: *Brennendes Herz Klabund. Legende und Wirklichkeit.* Zürich und Stuttgart: Claassen Verlag. 1971.
Klabund: Die Krankheit. In: Raabe, Paul: *Klabund in Davos. Texte, Bilder, Materialien.* Zürich: Arche, 1990.
Kretschmer, Ernst (Hg.): *Christian Morgenstern. Ein Wanderleben in Text und Bild.* Weinheim und Berlin: Quadriga. 1989.
Krüll, Marianne: *Im Netz der Zauberer. Eine andere Geschichte der Familie Mann.* Zürich: Arche. 1991.
Künzli, Lis (Hg.): *Hotels. Ein literarischer Führer.* Berlin: Gatza Verlag. 1994.
Lepenies, Wolf: *Melancholie und Gesellschaft.* Frankfurt am Main: Suhrkamp. 1969.
Mann, Katia: *Meine ungeschriebenen Memoiren.* Frankfurt am Main: Fischer. 1976.
Mann, Klaus: *Briefe und Antworten 1922-1949.* Hg.: Martin Gregor-Dellin. München: edition spangenberg im Ellermann Verlag. 1987.
Mann, Klaus: *Der Wendepunkt. Ein Lebensbericht.* Reinbek: Rowohlt. 1981.
Mann, Klaus: *Die neuen Eltern. Aufsätze, Reden, Kritiken 1924 – 1933.* Reinbek: Rowohlt. 1992. Darin: Klabund ist tot. S. 179 – 182.
Mann, Thomas: ›Tristan‹. In: *Erzählungen.* Band 1. Frankfurt am Main: Fischer. 1975.
Mann, Thomas: *Der Zauberberg.* Frankfurt am Main: Fischer. 1967. Darin: ›Einführung in den Zauberberg für Studenten der Universität Princeton‹ (1939), S. V-XIV.
Mayer, Hans: *Thomas Mann.* Frankfurt am Main: Suhrkamp. 1984.
Mc Girk, Tim: *Gala. Dalís skandalöse Muse.* Reinbek: Rowohlt. 1991.
Mendelssohn, Peter de: *Nachbemerkungen zu Thomas Mann.* Band 1. Frankfurt am Main: Fischer. 1982.
Pierre, José: *Recherchen im Reich der Sinne. Die zwölf Gespräche der Surrealisten über Sexualität.* München: C. H. Beck. 1993.
Raabe, Paul: *Klabund in Davos. Texte, Bilder, Materialien.* Zürich: Arche. 1990.
Reetz, Bärbel: *Emmy Ball-Hennings. Leben im Vielleicht.* Frankfurt am Main: Suhrkamp. 2001.

Reetz, Bärbel (Hg.): *Hermann Hesse. Briefwechsel 1921 – 1927 mit Hugo Ball und Emmy Ball-Hennings.* Frankfurt am Main: Suhrkamp. 2003.

Schwarberg, Günther: *Es war einmal ein Zauberberg. Eine Reportage aus der Welt des deutschen Zauberers Thomas Mann.* Hamburg: Rasch und Röhring. 1996.

Serke, Jürgen: *Die verbrannten Dichter.* Frankfurt am Main: Fischer. 1980.

Sontag, Susan: *Krankheit als Metapher.* Frankfurt am Main: Fischer. 2003.

Soupault, Philippe: *Mémoires de l'Oubli. 1923 – 1926.* Paris: Lachenal & Ritter. 1986.

Valette, Robert D.: *Album Éluard.* Paris: Tchou Éditeur. 1967.

Vanoyeke, Violaine: *Paul Éluard.* Paris: Éditions Juillard. 1995.

Wanner, Kurt: *Der Himmel schon südlich, die Luft aber frisch. Schriftsteller, Maler, Musiker und ihre Zeit in Graubünden 1800 – 1950.* Verlag Bündner Monatsblatt. 1993.

Wegner, Mathias: *Klabund und Carola Neher.* Berlin: Rowohlt Berlin. 1996.

Bibliografische Information der Deutschen Bibliothek
Die Deutsche Bibliothek verzeichnet diese Publikation in der Deutschen Nationalbibliografie; detaillierte bibliografische Daten sind im Internet über http://dnb.ddb.de abrufbar.

1. Auflage 2005

Droysenstr. 8, 10629 Berlin

Umschlaggestaltung: Kerstin Grundhöffer, Berlin
Umschlagfoto: Getty Images Deutschland, München
Satz: Verlag die Werkstatt, Göttingen
Druck und Bindung: Westermann Druck, Zwickau

ISBN 3-938740-03-5

Davos gege